요해단충록 4

遼海丹忠錄 卷四

《型世言》의 저자 陸人龍이 지은 時事小說, 청나라의 禁書

요해단충록 4

遼海丹忠錄 卷四

육인룡 원저 · 신해진 역주

보고사
BOGOSA

머리말

이 책은《형세언(型世言)》의 저자로 알려진 육인룡(陸人龍)이 지은 시사소설(時事小說) 〈요해단충록(遼海丹忠錄)〉을 처음으로 역주한 것이다. 청(淸)나라 건륭제(乾隆帝) 때 나온 〈금서총목(禁書總目)〉에 오른 작품으로서 8권 40회 백화소설이다. 중국과 한국에는 전하지 않고 일본 내각문고에 전하는 것을 1989년 중국 묘장(苗壯) 교수가 발굴하여 교점본을 발간함으로써 학계에 알려졌는바, 그가 소개한 글의 일부를 인용한다.

〈요해단충록〉은 정식 명칭으로 〈신전출상통속연의요해단충록(新鐫出像通俗演義遼海丹忠錄)〉이고 8권 40회이다. 표제에는 '평원 고분생 희필(平原孤憤生戱筆)'과 '철애 열장인 우평(鐵崖熱腸人偶評)'이라고 기록되어 있다. 첫머리에 있는 서문에는 '숭정 연간의 단오절에 취오각 주인이 쓰다.'라고 쓰여 있다. 오늘날까지 명나라 숭정 연간의 취오각 간본은 남아있다. 이 책의 작자인 고분생에 관하여 '열장인'과 관련된 동일인임이 명확한데, 곧 육운룡(陸雲龍)의 동생이다. 청나라 건륭 연간에 귀안 요씨가 간행한《금서총목(禁書總目)》에 〈요해단충록〉이 수록되어 있는데, 육운룡의 작품이라고 덧붙여 놓았다. 운룡은 취오각의 주인으로 자는 우후(雨侯)이고 명나라 말기의 절강성 전당 사람인데, 일찍이 〈위충현소설척간서(魏忠賢小說斥奸書)〉라는 소설을 지었다. 그렇지만 그 책의 서문에 '이는 내 동생의 〈단충록〉에서 말미암은 기록이다.'고 분명하게 말한 것은 작자가 운룡이 아니고 그의 동생임을 나타내지만, 이름은 자세히 밝히지 않았다. 그가 지은 소설 작품들을 통해 보건대, 그의 동생은 나라의 정치에 관심이 있어서 때때로 '자기 혼자서 세상

> 에 대해 분개하는' '뜨거운 가슴을 지닌 사람'이라 하겠다. 책에는 간행한 년월 날짜가 없지만, 서문 말미에 기록된 '숭정 연간 단오절'은 혹시 경오(숭정 3년, 1630)의 잘못일 수도 있고, 아니면 경오년 단오일 수도 있다. 책의 서사가 원숭환이 체포되는 것에서 그쳤는데 그 사건은 3년 3월에 있었던 것이나, 원숭환이 그해 8월에 피살된 것은 언급하지 않고 있으므로 숭정 15년의 임오(1642)일 리가 없기 때문이다.(描壯, 「前言」, 《遼海丹忠錄》 上, 『古本小說集成』 72, 上海古籍出版社, 1990, 1면.)

위의 글은 〈요해단충록〉의 서지상태를 비롯해 작자 및 창작연대를 알려주고 있다. 곧 육인룡이 1630년에 지은 것이라 한다.

이 소설은 1589년부터 1630년 봄에 이르기까지 후금(後金)의 흥기(興起)를 다루면서 사르후 전투, 광녕(廣寧)의 함락, 영원(寧遠)과 금주(錦州)의 전투 등 중대한 전쟁을 서술하여 당시 요동의 명나라 군인과 백성들이 피투성이 된 채로 후금군과 분전하는 장면을 재현했을 뿐만 아니라 명나라 말기 군정(軍政)의 부패, 명청 교체기의 변화무쌍한 세태를 반영하였다. 무엇보다도 가장 중요하게 다룬 것은 모문룡(毛文龍)의 일생이다. 모문룡은 나라가 위태로운 난리를 당했을 때 황명을 받들고 후금에게 함락되어 잃은 땅을 수복하고자 하였다. 해상을 경영하여 후금의 군대를 공격해 견제할 수 있는 중요한 무력의 발판을 마련했지만, 나중에 원숭환(袁崇煥)에게 유인되어 피살되었다. 이러한 모문룡의 공과에 대해서 명나라 말기부터 시비가 일어 결말이 나지 않고 분분하였는데, 그의 오명을 벗기기 위해 이 소설이 지어졌다고 한다.

한편, 양승민은 그 실상이 알려지지 않은 이 소설을 소개하고자 쓴 글(「〈요해단충록〉을 통해 본 명청교체기의 중국과 조선」, 『고전과 해석』 2, 고전문학한문학연구학회, 2007)에서 모문룡의 조선 피도(皮島: 椵島) 주둔 당시 정황, 모문룡과 후금의 대결 국면, 조선과 후금의 관계, 모문룡 및 명나라 조정과 조선의 관계, 인조반정으로 대표되는 조선국 정세, 정묘호란 당시의 정황 등이 대거 서술되어 있어 한국의 연구자들이 논의할 필요가 있는 작품이라고 지적한 바 있다. 물론 이 소설은 기본적으로 주인공 모문룡을 미화하고 영웅화하면서 그의 공적을 찬양하여 억울한 죽음을 변호하고자 하는 작가의식을 보여준 것으로, 영웅을 죽인 부패한 명나라 조정을 비판하면서도 강한 반청의식을 드러낸 작품이라는 전제하에 지적한 것이다.

그렇지만 〈요해단충록〉은 8권 40회라는 대작인데다 백화문과 고문이 뒤섞여 있는 등 쉬 접근하기가 어렵다. 후금과 관련된 인명, 지명, 칭호 등이 음차(音借)되어 있어 더욱 그러하다. 그래서인지 몰라도 소개한 지가 10여 년이 지났지만 이 소설에 대하여 아직까지 제대로 된 논문이 나오지 않고 있는 실정이다. 이에 정밀한 주석을 붙이면서 정확한 번역을 한 역주서가 필요한 것임을 절감한다.

이제, 8권 가운데 그 넷째 권을 상재하는바 나름대로 최선을 다하고자 했지만, 여전히 부족할 터이라 대방가의 질정을 청한다. 다만, 〈요해단충록〉에 대한 정치한 작품론이 치열하게 전개되는 데 이바지하기를 바랄 뿐이다.

끝으로 편집을 맡아 수고해 주신 보고사 가족들의 노고와 따뜻한 마음에 심심한 고마움을 표한다.

2019년 3월 빛고을 용봉골에서

무등산을 바라보며 신해진

차 례

遼海丹忠錄 卷四

▍일러두기

이 책은 다음과 같은 요령으로 엮었다.

1. 번역은 직역을 원칙으로 하되, 가급적 원전의 뜻을 해치지 않는 범위 내에서 호흡을 간결하게 하고, 더러는 의역을 통해 자연스럽게 풀고자 했다.
2. 원문은 저본을 충실히 옮기는 것을 위주로 하였으나, 활자로 옮길 수 없는 古體字는 今體字로 바꾸었다.
3. 원문표기는 띄어쓰기를 하고 句讀를 달되, 그 구두에는 쉼표(,), 마침표 (.), 느낌표(!), 의문표(?), 홑따옴표(‘ ’), 겹따옴표(“ ”), 가운데점(·) 등을 사용했다.
4. 주석은 원문에 번호를 붙이고 하단에 각주함을 원칙으로 했다. 독자들이 사전을 찾지 않고도 읽을 수 있도록 비교적 상세한 註를 달았다. 단, 원저자의 주석은 번역문에 ‘협주’라고 명기하여 구별하도록 하였다.
5. 주석 작업을 하면서 많은 문헌과 자료들을 참고하였으나 지면관계상 일일이 밝히지 않음을 양해바라며, 관계된 기관과 여러분들께 진심으로 감사드린다.
6. 이 책에 사용한 주요 부호는 다음과 같다.
   1) ( ) : 同音同義 한자를 표기함.
   2) [ ] : 異音同義, 出典, 교정 등을 표기함.
   3) “ ” : 직접적인 대화를 나타냄.
   4) ‘ ’ : 간단한 인용이나 재인용, 강조나 간접화법을 나타냄.
   5) 〈 〉 : 편명, 작품명, 누락 부분의 보충 등을 나타냄.
   6) 「 」 : 시, 제문, 서간, 관문, 논문명 등을 나타냄.
   7) 《 》 : 문집, 작품집 등을 나타냄.
   8) 『 』 : 단행본, 논문집 등을 나타냄.

역문

요해단충록 4

遼海丹忠錄 卷四

제16회

둔전을 크게 하여 싸우거나 지키는 것을 병행하고, 상인을 드나들게 하여 군수물자도 아울러 풍족하다.

大屯田戰守兼行, 通商賈軍資兼足.

백성들 쇠했건만 군량 실어 나르느라 지치고 | 黎庶彫零困轉輸
굶주린 군사들 곡식과 물 달라 자주 호소하네. | 飢軍庚癸又頻呼
재정 맡은 관리 지붕만 쳐다보며 머리 희어지고 | 司農仰屋頭爲白
호부는 수판 들고 계산하느라 눈물이 마르네. | 計部持籌淚欲枯
논농사 지으려 하나 누가 쟁기질 할 것이고 | 水耨阿誰揮耒耜
밭농사 하려 황무지 개간하는 것 보지 못했네. | 火耕未見闢萊蕪
동강에서는 오늘 밭 갈고 우물 파도록 권하니 | 東江今日勤耕鑿
때마침 중원의 힘 조금 소생되는 것 보리로다. | 會見中原力少蘇

군대가 출동하면 군량이 뒤따르므로 전쟁이 있게 되면 응당 군량을 의논해야 한다. 그러나 군량은 귀신이 실어다주는 것도 아니라서 오직 백성들을 의지할 수밖에 없다. 근래에 비록 요동의 군량 수송을 돕기 위해 인원을 증파하였고, 한편 수해와 한해 등 재해로 농작물의 피해가 있어 세수의 감면이 불가피했을지라도, 백성들은 원래부터 이를 감당할 수 없었다. 더군다나 또 가난하면서 고집 센 집에서는 질질 끌며 갚지 않았고, 간사한 남호(攬戶: 대신 세금을 갚고 이익을 취하는 자)는 착복하거나 유용하였으며, 교활한 하급관리는 횡령하거나 도용하였으니 더욱더 쓰기에 부족하였다. 군량을 호송하기에 이르러서도 또한 불에 타거나 물에 젖거나 약탈되거나 하는 등 여러 가지의 손실을 면하지 못하였다. 배편으로 운반하기에 이르러 당시 요양(遼陽)이 미처 함락되기 전에는 등주(登州)와 천진(天津)에서 운송해 여순(旅順)에 도착하여 하동(河東)을 원조할 수 있었으며, 광녕(廣寧)이 미처 함락되기 전에는 등주와 천진에서 운송해 각화도(覺華島)에 주둔하며 하서(河西)를 원조할 수 있었는데, 오늘날은 어찌 등주와 천진에서 운송해 각 섬에 갈 수 없단 말인가. 괴롭게도 망망한 대해(大海)에 거대한 파도와 강렬한 폭풍이 일어 암초에 부딪치거나 소용돌이에 휘말려 가라앉거나 파괴되는 일이 있는 것을 인하여, 백성들의 고혈을 짜내 굶주린 군사들에게 먹이느라 도리어 막대한 비축 군량을 없애버리고도 대해(大海)에 책임을 귀착시켜서는 안 된다. 향사(餉司: 군수품을 맡아보던 관아)는 군사를 성문 밖으로 내보내는 것으로서 일을 다 했다고 여기지만, 군사들은 아무 것도 쓰지 않은 문서로 아침저녁을 감당하기 어려웠기 때문에 이 또한 심난한 일이었다. 오직 둔전(屯田)만이 대책일 뿐이다. 예로부터 둔전을 두어 백성이 병사들의 군량을 재배하도록 한 것은 삼국시대 때 조지(棗祗)인데, 그가 청주(青州)와 기주(冀州)에 있으면서 백성을 거느리고 땅을 갈아서 농사를 지어 조조(曹操)의 병사들이 먹기에 부족하지 않게 하였다. 둔전을 두어 병사들이 병사들의 군량을 재배하도록 한 것은 한(漢)나라 때 조충국(趙充國)인데, 그가 금성(金城)과 안정(安定)에 있으면서 아직 편입되지 않은 임시병을 거느리고 땅을 갈아서 농사를 지어 중국이 군량 운반의 수고를 하지 않도록 하고 선령 반적(先零叛賊: 先零羌)들을 멸하도록 하였다. 이것들은 이미 옛날의 일이나, 바로 우리 태조(太祖: 朱元璋)는 유익(劉益)의 항복으로 인하여 요동을 차지하였을 뿐더러 또 군량을 나르는 길이 험하고 먼 것으로 인해 둔전을 크게 개척하였는데, 사람을 조선(朝鮮)의 저자거리에 보내어 농우(農牛)와 곡식 종자를 사게 하니 상인들이 조 씨앗과 소금을 바쳤다.

모문룡 총병은 중국 백성의 생활이 어려워 등주(登州)와 천진(天津)에서 군량을 보내는 것이 곤란함을 알았지만, 여러 차례 자문(咨文)을 보내어 재촉하고 또 경략(經略)과 순무(巡撫)가 제급(題給: 지급)을 청하여 성지(聖旨: 황명서)를 내려 전량(錢糧: 地稅) 납부를 재촉해도 열에 다섯은 받지 못하였다. 조선(朝鮮)에 의지하려 한다면 그 나라는 작고 백성들도 가난하니 누차 폐를 끼쳐서 그들의 마음을 잃어서는 안 되는데, 만약 그들의 마음이 떠나 누르하치에게 향한다면 한꺼번에 의지하는 것조차도 잃게 되는 것이었다. 다만, 섬에는 종래부터 섬 주민들이 있었던 데다 모문룡의 진영(鎮營: 東江鎮)에서 병정(兵丁)들을 데리고 있었으며, 요사이 하동(河東)과 하서(河西)의 난민을 구제하면서 거룻배로 양식을 물 건너 보내느라 등래(登萊)에 이른 자들이 실로 많았고 바다 가운데 남아 있는 자들도 적지 않았으니, 그 누구라도 양식이 필요하지 않았으랴? 만약 군량을 원조하지 않고 조치조차 하지 못하게 한다면 한 끼 먹을 때도 있고 한 끼 못 먹을 때도 있으니, 군사들이 어떻게 살아서 섬을 지킬 것이며 어떻게 살아서 싸우러 나가랴. 이런 백성들이 어찌 죽기를 각오하고 섬 안에 있다 한들 변고를 일으키지 않겠는가! 마땅히 하나의 원대한 책략을 강구해내야 한다. 생각하건대, 각 섬의 해변 땅에서 쏟아져 들어온 바닷물을 제거한다 해도 소금기가 가득한 땅은 다만 소금을 구울 수 있을 뿐 개간할 수는 없고, 또한 섬은 높은 산등성이와 험한 고개, 가파른 낭떠러지와 깎아지른 듯이 우뚝 선 바위가 있어 대부분 산에는 돌이라 땅을 갈아서 농사를 지을 수가 없는데, 그 나머지 평탄하고 비옥한 땅은 이미 본래의 섬 주민들이 농사를 짓고 있어서 생업을 빼앗아 차지해서는 안 되지만, 이미 개간했거나 병화(兵禍) 때문에 내버려둔 채 아직 개간하지 않은 땅이 있다면 그 땅은 죄다 농사지을 수 있으니, 모두 경계를 짓고 밭으로 일구어 봄과 여름에는 보리를 심고 여름과 가을에는 서속을 심어서 군량으로 제공할 수 있을 것이다. 그리고 각 산에서 샘물이 나오는 곳은 어디든지 쌓인 것을 터서 못을 만들고 도랑을 나누어 만들어서 심한 가뭄에 대비할 수 있을 것이다. 한 이랑의 소출은 한 사람을 먹일 수 있는데, 한 사람이 있는 힘을 다해 일구어 씨를 뿌리면 10여 이랑을 얻을 수 있으니 한 사람이 10여 명을 구제할 수 있는 셈이다. 이 둔전에 씨를 뿌림으로서 첫째로는 국가의 재정을 조금이나마 절약할 수 있으며, 둘째로는 등래(登萊)와 천진(天津)에서 물자를 실어 들이는 것을 조금이나마 면할 수 있으며, 셋째로는 섬에서 군량이 부족해도 걱정하지 않게 될 것이다.

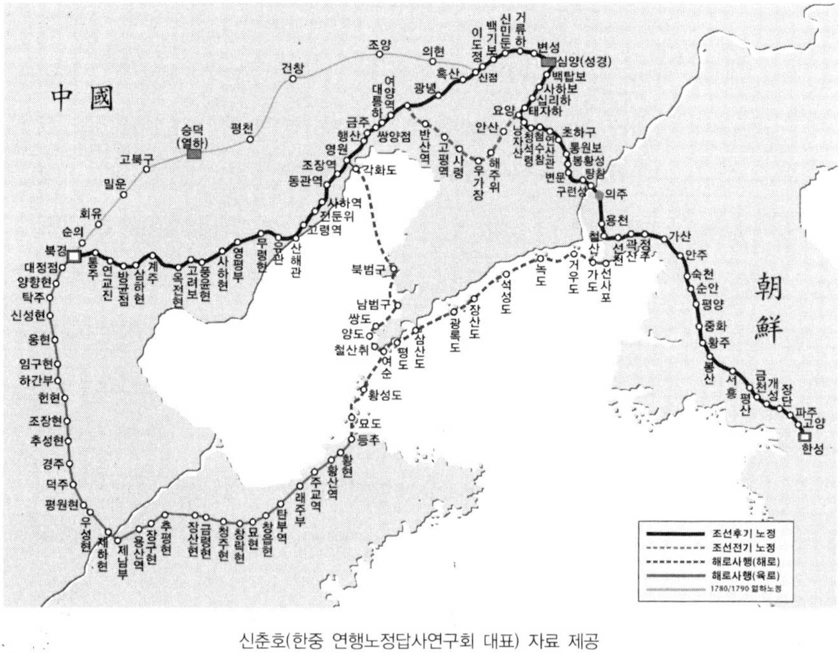

신춘호(한중 연행노정답사연구회 대표) 자료 제공

피도(皮島: 椵島)의 백여 리 안에는 토지가 비옥하고 샘이 넘쳐서 전에 이미 개간했기 때문에 지금 다시 경작하려면 전부 황무지를 개간해야만 했다. 또한 살피건대, 석성도(石城島)는 사방 100리인데 땅이 평탄하여 경작할 수 있고, 장산도(長山島)는 크고 작은 두 섬이 남북으로 서로 마주하고 있으며, 가운데 바다로 통하는 뱃길이 끊임없이 백여 리나 이어져 있는데 그 양 옆의 땅도 경작할 수 있는데다 땔나무와 물이 풍부하였다. 광록도(廣鹿島)는 주위의 넓이가 수백 리나 되어 이전부터 논밭이 있었다. 그 나머지 급점도(給店島)는 크기가 30여 리, 녹도(鹿島)는 20여 리, 색리도(色利島)는 크기가 40여 리, 장자도(獐子島)는 크기가 30여 리, 해양도(海洋島)는 크기가 50여 리, 왕가도(王家島)는 크기가 35리였다. 또 새로 개간한 황성도(皇城島)와 삼구우(三犋牛)는 각기 35리 밑돌지 않았다. 피도(皮島)의 동남쪽에 있는 국화도(菊花島)·교맥도(蕎麥島)·수이도(須彌島)는 모두 땅이 넓어 경작할 수 있었다. 피도 안은 민가(民家)와 관방(官房)을 지을 곳과 이미 거주민들이 경작하고 있거나 척박하여 경작할 수 없는 곳을 제외한 그 나머지 모두를 각 섬의 수비(守備)들에게 통지하여 늙은 병사[耆民兵士]들을 통솔해 크게 개간하도록 하였다. 이어 경계를 분명하게 긋고 각기 이랑의 수를 정하여 요동의 백성들에게 농사를 짓도록 주었다. 또한 비옥한지 척박한지 참작하여 상중하의 세 등급으로 구별하고 세금으로 받아야 할 양곡을 의논해 정한 뒤, 매년 여름과 가을에 곡식이 무르익어가는 즈음이면 징수하여서 군량으로 충당하였다. 그 가운데 가난한 백성이 있으면, 모문룡 총병은 또 사람을 시켜 은냥(銀兩)을 가지고 미리 등주와 천진 및 조선에 가서 농우(農牛)와 농기계를 싼 값으로 구입해 나누어 주게 하였다.

문득 보니, 각 섬의 거주민들이 섬 안에 도랑을 파고 두둑을 파서

논밭을 만든 뒤, 농번기 때라도 아침에는 밭을 갈고 저녁에는 잡초를 뽑으며 조와 보리를 재배하고 있었다. 섬 안의 노약자와 부녀자들은 술병을 들고서 음식물을 가져가 농사짓고 있는 주민들을 먹였다. 각 섬들은 각기 권농관(勸農官)을 두고 여러 가지 일을 감독하게 하였다. 다만 섬 안만을 보면, 일찌감치 이러하였다.

도롱이에 삿갓 쓰고 해 기울도록 움직이며	簑笠動斜曛
곰방메 호미질 하느라 언덕 구름 헤치네.	耰鋤破隴雲
지아비 밭 갈고 지어미 들밥 내어가니	夫耕與婦饁
벼와 기장이 뒤섞여 어지러이 푸르네.	禾黍綠紛紛

각 섬에는 식량을 저장하는 창고가 갖춰져 있었으니, 징수할 때 저장하며 군량이 일시적으로 운송되지 못하더라도 대비하여 군사들을 원조할 수 있었고, 아니면 요동의 백성들이 귀순해와 음식이 부족하더라도 또한 구휼할 수 있었다. 당시 이 섬들은 잡목이 우거지고 가시나무조차 시든 데다 들풀에 차가운 내까지 자욱해 온통 쇠락한 궁벽진 섬이었는데, 모두 이미 변하여 곡식이 풍성하게 널려 인구가 많고 물자가 풍부한 천지가 되었다.

구름은 높은 산봉우리에 잠겨 허공에 물결치고	雲鎖危峰浪拍空
우거진 갈대숲 쓸쓸히 서풍에 흐느끼는 듯했네.	蕭蕭蘆葦泣西風
어찌 형세 되돌릴 사람 만나도록 견디었나	那堪得遇回天手
이 백성들 모두 이끌어 한낮 저자 되게 하였네.	盡挈斯民化日中

그렇지만 군사들에게 지급되는 본색(本色: 조세로서 납부하는 생산물)은 양미(糧米: 양식으로 쓰는 쌀)이고 또한 절색(折色: 조세로서 납부하는

물품을 돈으로 환산함)은 술과 고기, 의류와 신발 등을 구매하라는 것으로 은화(銀貨)이다. 게다가 때가 되어 호궤(犒饋: 음식을 주어 위로함)하는 것은 공적을 드러내었거나 상을 내리는 때이다. 속담에 이르기를, '용병을 잘하는 자는 풀을 베듯 사람을 죽이고 물 쓰듯 돈을 쓴다.' 하였다. 옛날 조(趙)나라 이목(李牧)이 변방을 지켰을 때 부과된 모든 세금이 다 그의 군부(軍府)로 들어갔는지라, 그가 매일 소를 잡고 술을 걸러서 군사들을 위로할 수 있었던 까닭이다. 군사들은 누구나 베풀어준 은혜에 감격하여 죽을힘 다하기를 바랐다. 그 뒤에 흉노(匈奴)가 변방을 침범하자 군사들이 앞을 다투어 달려가 싸우고 죽이니, 적은 전군이 몰살당하고 말았다. 만약 이목(李牧)이 평소 금전(金錢)에 미련이 남아 아꼈다면 부하들이 어떻게 목숨을 기꺼이 버리려 했겠는가. 그러므로 장수된 자는 돈을 아껴서는 안 된다. 하지만 중국의 원조는 실속이 없는 이름뿐인 데다 제때에 오지 않았는데, 군사들이 와글와글 군량 주기를 기다리고 있으니 헛된 명성으로서 그들을 어를 수가 있으랴. 이 일은 반드시 곡진하게 배려해 군심(軍心)을 수습해야 했는데, 모문룡 장군이 여러모로 헤아려 통상에 관한 법[通商之法]과 지불에 관한 법[對支之法]을 생각해내었다. 장사꾼이 막힘이 없이 들고나지 못하면 섬에서 쓰기에 적합한 물자들이 대부분 부족하게 되는 까닭이고, 설사 군사가 약간의 인삼과 담비 및 은자(銀子)를 가지고 있더라도 또한 쓸모없어 내버려두어야 하니 군사는 더욱더 궁해질 것이다. 만약 한결같이 통상을 하면 행상(行商: 도붓장사)은 이익을 탐하는지라 세찬 바람과 거센 물결을 두려워하면서도 섬 안에 온갖 물자들이 모여들 것이니 있는 것과 없는 것을 교역하게 되면 곧 의식(衣食)이 모두 풍족해질 것이다. 또한 행상의 물품마다 약간의 세금을 거둘 수 있을 뿐더러 군량을 보조할 수 있을 것이다. 심지어 쌀과 보리, 사료 등에 관해서도 객상(客商: 행상)들이 싣고 섬에 오는 것을 허락하고 약간을 검수한 뒤에 허가를 내주고 등래 향사(登萊餉司)로 가는 것을 허락한다면, 동강(東江)에 모인 것에 대해 반드시 군량과 은자를 지급할 것이다. 행상인 장사꾼이 이익을 중시하여 그들은 도로가 험준하여 다니기 어려워 보관과 지급과 수요가 지체되는 것을 두려워하지 않는다. 향사(餉司)에서는 오히려 바다를 건너가는 선박이라도 한 가지 줄일 수 있고 또 세찬 바람과 거센 파도에 의해 파손되는 것을 면할 수 있어서 바로 등래(登萊)에 공문을 보내었는데, 화약, 투구와 갑옷, 병장기를 제외한 해상교역을 관대하게 단속하고, 오랑캐의 땅에 새들어가는 사정이 있을까 걱정하여 등래(登萊) 사람들이 운송하는 것을 허락하고 혹 동강(東江)에서 자체적으로 물품 받는 것을 허락하되, 양식과 물품을 실은 나머지 배는 조사해본 다음 금지물품을 숨긴 것이 없으면 마침내 통행권을 발급해주고 출항하게 해 피도(皮島) 앞 바다에 이르게 하도록 청하였다. 피도에 도착한 상인들에 대해 모문룡 장군은 그들이 멀리 세찬 바람과 거센 파도를 헤치고 건넜으니 자신을 위한 것이기도 하고 나라를 위한 것이기도 하여서 그들의 처지가 되어 극진히 돌보아주었다. 쌀과 보리, 사료, 군량, 깃발을 마련할 만한 얇은 명주, 갑옷을 마련할 만한 포목 등은 모두 군수품들이지만 이미 검수하고 곧 허가를 내준 뒤에는 등래(登萊)에 가서 물품을 받고 지불한 것을 맞춰보고 인하여 공로를 표창하였다. 대체로 교역한 자들을 위해 모두 공정한 가격을 치렀지만, 군민(軍民)들이 무리하게 돈을 들여 사는 것을 허용하지 않았고 또 섬 주민들이 적어도 속이거나 빼앗아서 이익 보는 것을 금하였다. 이 행상들이 어떻게 한 명이라도 오기를 원치 않겠는가.

이익이 많으니 오랑캐가 개미처럼 모여들어 利重集羶蟻
돛대를 저으며 온 바닷가에 두루 퍼져있네. 舟檣遍海涯
이제부터 궁벽한 섬에 從玆窮島上
만리 밖에서도 진기한 물품을 바치네. 萬里獻珍奇

한 달 식량을 방출해 지급할 때마다 직물류의 종류와 등급을 살펴서 군사들에게 곁들여 주었다. 위로하고 포상할 때는 물품을 상으로 충당하였다. 원래 이것들은 군사들이 요긴하게 쓰는 것으로 다시 그들에게 한차례 사고파는 것을 생략하게 하였으니, 군사들이 기뻐하지 않는 자가 없는 까닭이었다. 섬에는 온갖 물품들이 이미 모여들어 또 조선(朝鮮)과 교역하려 하였는데, 쌀을 비롯하여 군대에서 긴급하게 써야 할 연철(鉛鐵) 등을 조선과 무역하자 피도(皮島)는 상인들이 비늘처럼 잇달아 모여들고 온갖 물품들이 수레바퀴살처럼 몰려드는 곳이 되었다. 이번에는 군량도 조금 풍족하고 군수품도 조금 풍족하여 비록 중국의 식량과 무기에 기대지 않을 수 없었으나 유사시에 대비할 수 있어서 온전히 중국에 기대지 않아도 되었다.

또 중국이 주조(鑄造: 돈을 만듦)를 시행해 나라의 재정을 풍족하게 하려 한 까닭으로 본부에 자문(咨文)을 보내어 섬에서 주조토록 요청하자, 공부(工部)에서는 대사(大使) 주유(朱裕)에게 위임하여 장인(匠人)들을 데리고 앞서가게 하였다. 구리와 숯이 이미 갖추어져 있자, 장인들은 남경(南京)의 모래를 받아야 비로소 돈을 주조할 수 있다고 보고하였다. 모문룡 장군은 오고가자니 시일이 오래 지체되는 것을 마침 염려하였는데, 홀연 장인들이 조폐창에서 진흙으로 화로를 만들려고 땅을 팠을 때 지하에는 사방 2장(丈: 10尺)여나 되는 넓이에 모두 잔모래가 있었고 남경의 모래와 차이가 없자 곧바로 이를 보고하였다. 화롯불을 피워 돈을 주조하니 아닌 게 아니라 모두 성공하였고, 또 섬에서도 사용할 수 있어 유익하였다. 이것은 하늘의 뜻[天心]이 이치에 순종한 자를 도와준 것이고 또한 인심이 하늘을 감동시킨 것이다.

장한 뜻을 연연산에 비석을 세울 만하여　　壯志勒燕然
징발해 보내려 해도 부끄러워 나아가지 못하네.　　徵輸愧不前
정성이 사무치니 하늘의 뜻을 감동시키니　　精忱格天意
위하여 경공의 샘물 솟아나듯 하였네.　　爲出耿恭泉

요컨대, 재물이 천지에 있어도 재물을 생산하는 사람이 없으면 재물이 나지 않는다. 만약 진실한 마음으로 나라를 위하지 않으면, 설사 이 방법을 생각해낼지언정 오늘도 군량을 요구하고 내일도 군량을 요구하느라 입이 닳도록 말해도 완악하여 귀가 다시 먹은 듯하니, 한 마디의 말로는 목적을 달성하지 못할 것이다. 또 임금을 협박하여 제멋대로 날뛰는 것은 임금에게 죄를 짓는 것이며, 만일 이 굶주리고 추운 군사들을 몰아내도록 강요하면 일을 이룰 수 없을 뿐만 아니라 마음이 또한 어찌 참아내겠는가. 오직 이와 같이 양식이 풍족하고 군대가 강하여야 비로소 누르하치 멸하는 것을 직분의 일로 생각할 수 있을 것이다.

부강(富强) 두 글자는 나라를 다스리는 자면 꺼리지 않았기 때문에 관중(管仲)은 제(齊)나라를 강대하게 하였고 범려(范蠡)는 월(越)나라를 패자(霸者)가 되게 하였는데, 모두 먼저 나라를 부유하게 하는 것을 가장 중요한 일로 삼았던 것이다. 진남(振南: 모문룡의 호)도 이 계책을 따랐지만 자신의 견해를 주장하는 자들이 엄히 등래(登萊)와 천진(天津)의 바다에 들어오는 것을 금하려고 하였으니, 이는 매를 굶주리게 하고서 날아오르기를 바라는 것으로 되기나 하겠는가?

재물은 귀신이 운반하는 것이 아닌 다음에야 사람이 생산하는 것이다. 이와 같이 재물을 생산하는 것에 대해 물어본다면, 다시 인원을 더 파견하고 선례를 만들어 재물을 얼마간 내어 돕도록 하는 것이 낫다고 할 것이다.

第17회

모문룡 총병이 건주 방면을 꾀하여 빼앗고, 진충이 앵도과에서 으뜸가는 승리 거두다.

毛帥規取建州路, 陳忠首捷櫻桃渦.

추악한 오랑캐 천벌을 받게 하려고 | 醜虜逆天誅
총사령관 바다 모퉁이로 나아갔네. | 元戎出海隅
장한 용사들은 상리 그린 배를 탔고 | 翔螭浮壯士
출정하는 군사들은 익새 그린 배 탔네. | 畫鷁泛征夫
흰 깃발 물결과 어울려 온통 희고 | 白羽連波白
붉은 깃발 햇살에 비쳐 온통 붉네. | 朱旗映日朱
궁벽한 변방에 버림받은 늙은이가 | 窮荒有遺老
회생할 수 있기를 기다리며 탄식하네. | 翹首嘆其蘇

누르하치가 중국[天朝]이 품어 길러준 크나큰 은혜를 저버리고 도성을 짓밟으며 읍락을 파괴하여 장수를 죽이고 군대를 전멸시켰으니, 남의 자식을 고아로 만들고 남의 아내를 과부로 만들어 흉악하기가 그지없어 하늘과 사람들이 함께 분노하였다. 대체로 사람의 마음을 가진 자라면 누군들 그의 살을 찢어먹고 그의 피부를 잠자리로 삼고자 생각하지 않겠는가. 어찌하겠는가만 병력이 부족하고 인심이 견고하지 못하면, 왕화정(王化貞) 순무처럼 보통 말로만 싸우러 나아간다고 하고서는 도리어 나라를 배반한 역적들의 변란에 의해 광녕(廣寧)을 통째 맨손으로 가져다주곤 한다. 이와 같이 볼 것 같으면, 반드시 먼저 적을 토벌하는 병력을 넉넉하게 하고 나서 적을 토벌하는 계책을 정하게 하여 이와 같이 괜한 소모전만 하지 않으면 만전의 군대로서 승리만 있고 패배는 없을 수 있다. 모문룡 총병이 계책을 상세히 진달한 것은 원래 요동 전체를 회복하고 곧바로 누르하치의 소굴을 돌진하려 한 것이었는데, 다만 각지의 발군(撥軍: 파발군)과 야불수(夜不收: 정탐군)가 와서 각지에 나아가 탐지하여 소굴을 칠 수 있는 경로를 보고하는 것만 보일 뿐이었다.

진강로(鎭江路): 장전(長奠) · 영전(永奠)을 지나서 30리 가면 사송배자(沙松排子)에 이르고, 30리 가면 분수령(分水嶺)에 이르고, 30리 가면 팔가자(八家子)에 이르고, 10리 가면 전산두(轉山頭)에 이르고, 10리 가면 아아하(鴉兒河)에 이르고, 20리 가면 패동갈령(稗東葛嶺)에 이르고, 10리 가면 패동갈령채자(稗東葛嶺寨子)에 이르고, 30리 가면 우모령(牛毛嶺)에 이르고, 20리 가면 우모채(牛毛寨)에 이르고, 20리 가면 동고채(董古寨)에 이르고, 10리 가면 마가채(馬家寨)에 이르고, 40리 가면 심하자(深河子)에 이르고, 30리 가면 대가채자(大家寨子)에 이르고, 30리 가면 마가채자(馬家寨子)에 이르고, 30리 가면 요아합채자(凹兒哈寨子)에 이르고, 40리 가면 가합채(家哈寨)에 이르고, 30리 가면 노채(老寨)에 이른다. 모두 길이 좁고 나무들이 빽빽하게 들어서서 행군하기가 불편하니 합세하여 관전(寬奠)을 따라 변경으로 나갔다.

관전로(寬奠路): 15리 가면 길동(吉洞)에 이르고, 20리 가면 소전자(小佃子)에 이르고, 20리 가면 단전자(團佃子)에 이르고, 20리 가면 팔가자(八家子)에 이르고, 20리 가면 전산두(轉山頭)에 이르는데, 나머지는 진강로(鎭江路)와 같다. 내소전자(內小佃子), 단전자(團佃子), 팔가자(八家子)는 비록 숲을 이루는 나무가 있지만 벌목할 수 있으며, 우모령(牛毛嶺), 가합령(家哈嶺)은 나무가 매우 큰데다 고개까지 높고 가파르며, 패동갈령(稗東葛嶺)은 길이 협소한데다 크나큰 절벽까지 있어 말 한 필만이 겨우 다닐 수 있다.

애양로(靉陽路): 30리 가면 북고하(北古河)에 이르고, 80리 가면 반령(半嶺)에 이르고, 70리 가면 일적동고채자(一赤董古寨子)에 이르고, 50리 가면 두도대령(頭道大嶺)·이도대령(二道大嶺)에 이르고, 40리 가면 요아합채(凹兒哈寨)에 이르고, 70리 가면 노채(老寨)에 이른다. 북고하(北古河)는 출구가 강을 사이에 두고 마주하여 우뚝하며 나무숲이 깊숙했는데, 개울이 수십 줄기로 겨울에서 봄까지는 얼어붙어 사람과 말이 다닐 만하고 여름에서 가을까지는 범람하여 홍수를 이뤄 건너기가 어려웠다. 두도대령(頭道大嶺), 이도대령(二道大嶺)은 가파른 바위로 이루어진 산봉우리로 험한 길이 200여 리나 되는데, 일인일기(一人一騎)의 일렬종대로만 겨우 통과할 수 있지 가로질러 갈 수 있는 길이 없는데다 또 큰 아름드리나무가 길가에 이어져 벌목하기가 어려웠다.

청하로(清河路): 30리 가면 아골관(鴉鶻關)에 이르고, 20리 가면 향화령(响花嶺)에 이르고, 5리 가면 살석채(撒石寨)에 이르고, 10리 가면 무낭채(無狼寨)에 이르고, 10리 가면 구아골관(舊鴉鶻關)에 이르고, 10리 가면 일합하(一哈河)에 이르고, 15리 가면 오계관(烏雞關)에 이르고, 20리 가면 임자령(林子嶺)에 이르고, 20리 가면 착라필채(錯羅必寨)에 이르고, 30리 가면 노채(老寨)에 이른다. 길이 줄곧 평탄한데 개울조차 가로막지 않았다. 구아골관(舊鴉鶻關)은 숲이 없고 길이 평탄하여 직사각형의 다듬은 돌을 쌓아 관문을 세운 것인데 말 네 마리가 나란히 나아갈 수 있었다. 오직 오계관(烏雞關)만은 길 첫머리부터 목책(木柵)으로 관문을 세운 것으로 서쪽에 낭떠러지들이 서로 감싸고 있으며, 이도(二道)는 직사각형의 다듬은 돌을 쌓아 관문을 세운 것으로 상판에 큰 목재를 걸쳤으며, 이관(二關)은 평지에 있지만 한 사람이 몸을 굽혀 겨우 다닐 수 있을 뿐 말을 탈 수 없을 정도로 매우 험준하였다. 임자령(林子嶺)은 나무가 매우 많고 빽빽하지만 말 네 마리가 나란히 갈 수 있었다.

동주보로(東州堡路): 40리 가면 전하(剪河)에 이르고, 10리 가면 팔가자(八

家子)에 이르고, 20리 가면 고도관(古道關)에 이르고, 20리 가면 황령(黃嶺)에 이르고, 30리 가면 방건납채(方巾納寨)에 이르고, 지름길로 질러 나오면 목칠채(穆七寨)에 이르고, 큰길로 나오면 타동채(拖東寨)에 이르고, 10리 가면 흑목채(黑木寨)에 이르고, 10리 가면 대채(大寨)에 이르고, 10리 가면 노채(老寨)에 이른다. 전하(剪河)의 입구에서 병사를 나누고 지름길로 가로질러 5리 떨어진 영관(嶺關)을 지나 목칠채(穆七寨)에 이르러 무순(撫順)의 대로에서 합세하여 곧바로 누르하치의 노채(老寨)를 공격하면 모두 평탄하여 가로막을 것이 없었다.

무순로(撫順路): 20리 가면 관구박도산(關口剝刀山)에 이르고, 5리 가면 토목하(土木河)에 이르고, 15리 가면 신채(新寨)에 이르고, 25리 가면 왕홍목채(汪紅木寨)에 이르고, 15리 가면 전방산성(氈房山城)에 이르고, 8리 가면 와아호채(窩兒胡寨)에 이르고, 30리 가면 고로채(古路寨)에 이르고, 15리 가면 책합채(柵哈寨)에 이르고, 17리 가면 오령관(五嶺關)에 이르고, 3리 가면 마아돈채(馬兒墩寨)에 이르고, 10리 가면 목칠채(穆七寨)·타목채(拖木寨)에 이르고, 10리 가면 흑목채(黑木寨)에 이르고, 10리 가면 대채(大寨)에 이르고, 10리 가면 노채(老寨)에 이른다. 이 안에서 오직 오령관(五嶺關)만이 험준하다.

철령로(鐵嶺路): 70리 가면 삼차아(三岔兒)에 이르고, 10리 가면 선인동(仙人洞)에 이르고, 10리 가면 왕팔만(王八灣)에 이르고, 80리 가면 유사합채(由詐哈寨)에 이르고, 북쪽 대로로 가로질러 가면 강가채(康家寨)에 이르고, 80리 가면 대채(大寨)에 이르고, 10리 가면 노채(老寨)에 이른다. 모두 평탄한 대로에 숲을 이루는 나무가 많지 않은데다 큰 강 또한 적었다. 강가채(康家寨)에서 20리 되는 곳에 좁은 개울과 평평한 밭이 있고, 대수(大樹)에서 50리 되는 곳의 중간에 빗물이 흘러 패인 고랑이 있어 매복하기에 용이하다.

각 방면의 길을 보고 들은 것에 대해 모두 보고하였지만, 유독 개원

(開原)에 대해서만 탐방하지 못했다. 모문룡 장군은 누르하치의 소굴을 섬멸할 각 방면의 지름길을 보면서 생각하였다.

'각 방면의 길로 진군하여 토벌하려면 모름지기 대병력이 필요할 것이다. 청하(淸河)·무순(撫順)·동천(東川)·철령(鐵嶺)은 오랫동안 이미 적에게 함락되어 우리 군대가 또한 깊이 들어오기 쉽지 않을 것이니, 다만 진강(鎭江)의 길이 가장 가까워 진군할 수가 있고 그 나머지 관전(寬奠)과 애양(靉陽) 방면의 길도 또한 진입할 수 있을 것이다. 그러나 사위(四衛)는 오히려 딴마음을 가진 자가 많으니, 우리 군대가 어찌 깊이 들어갈 수 있겠는가? 지금 이미 8월이라 가을 하늘이 높고 누르하치는 필시 산해관(山海關)을 엿보려는 생각을 할 터인데, 차라리 한 부대[一軍]를 미리 보내어 진군할 수 있는 방법을 탐색하는 것이 나을 것이고, 기회를 엿보아 누르하치를 교란시켜서 그들의 뒤를 돌아보게 하여 감히 제멋대로 움직이지 못하도록 하는 것도 중요한 계책일 것이다.'

그래서 한편으로 진대소(陳大韶) 등에게 패문(牌文)을 보내어 삼산도(三山島) 등 각 섬에서 병사들을 뽑아 훈련시켜 거느리고는 사위(四衛)를 수복하겠다고 큰소리치게 하여 그들의 병력을 분산시키도록 한 뒤, 장수 한 명으로 하여금 진강(鎭江) 등지를 빼앗게 해 오랑캐 소굴을 무찌르는 본보기로 삼으려 하였다. 문득 부하인 수비(守備) 진충(陳忠)이 가기를 원하는 것을 보고서, 모문룡 장군이 매우 기뻐하며 말했다.

"우리의 이번 출행은 원래 누르하치를 교란시켜 감히 서쪽 지역을 침범하지 못하게만 하면 된다. 큰 병력을 쓸 것 없이 그냥 군사 천 명을 거느리고 선성산(旋城山)에서 바다 어귀로 상륙해 우리군의 형세를 도우며 진격하여 오랑캐들이 수자리 살면서 지키고 있는 둔보(屯堡)를 공격하라. 만약 온 산에서 딱따기 치는 소리를 듣는다면 누르하치는 틀림없이 대군을 이끌고 구하러 올 것이니, 자네가 곧 철수하여 섬으로 되돌아와서 그들의 인마(人馬)로 하여금 내달려 피폐하게 하는 것만으로도 성공이리라. 돌아오는 도중에 우연히 달적(韃賊)이 있어 전투해야 할 때면 그들의 수급(首級) 베는 것을 탐해서도 안 되고, 뒤쫓아 가 죽여서 군사 기밀을 그르쳐서도 안 된다. 요동사람들을 혼동하여 죽인 것을 전공(戰功)으로 삼아서도 더욱 안 되니, 나는 그것에 대해 응당 조사하여 판별하리라. 달적(韃賊) 놈들이 앞머리를 깎고 뒷머리를 땋아 늘인 변발을 한 것은 어려서부터 이미 그렇게 한 것이나, 요동의 백성들은 비록 잠시나마 머리를 깎아 달자(韃子)들과 유사할지라도 만약 물속에 반나절 담그면 망건(網巾)을 쓴 흔적이 절로 드러날 것이므로 혼동해서는 안 된다. 심지어 남녀가 물속에 죽어서 엎어져 있든 누워 있든 구별할 수 있다."

진충(陳忠)이 군령(軍令)을 듣고는 천 명의 정예병을 거느리고 50척의 호선(唬船: 명나라 전함)에 태운 뒤 3대의 포(炮)를 싣고 수문(水門)으로 나가 곧바로 선성(旋城)을 향해 출발하였다.

돛배 그림자는 날아가는 까마귀 쫓느라	帆影逐飛鴉
마구 흔들리며 거친 바다 물결 헤치네.	輕撓破浪花
망루 있는 배들이 항구 떠나 나아가니	樓船行出將
북두성 관통하고 부사를 시험하는 듯하네.	貫斗試浮槎

녹도(鹿島)를 경유하여 밀려오는 조수(潮水)를 이용해 선성(旋城)에 도착하였다. 수비(守備) 진충(陳忠)이 배를 멈추도록 소리치고는 병사 수십 명씩 나누어 배들을 지키게 하여 바람과 파도에 의해 정박해놓은 것을 잃지 않게 하고서, 자신이 300명을 거느린 뒤 천총(千總) 2명에게도 각기 300명씩 통솔하여 세 방면으로 출발하도록 분담하고 다만 대포 소리가 들리는 대로 곧 일제히 연합하여 공격하기로 약속하였다.

이때 요양(遼陽)은 적에게 점령당한 지 이미 1년 여 지났지만 언제 관군 한 명이라도 온 적이 있었던가, 그래서 누르하치는 연해(沿海)에 전혀 병마를 두지 않았는데, 설사 요동의 백성들이라도 투항한 자는 모두 큰 성 안으로 따라가 살았고 투항하지 않은 자는 모두 이미 섬에 들어갔는지라, 일대는 비록 초가야 있을지언정 사람이라고는 전혀 보이지 않아 진실로 무인지경에 들어온 듯했다. 며칠 동안 행군하니 흡사 앵도과(櫻桃渦)인 듯, 한 마을이 있었는데, 어떤 수보(守堡) 한 명이 달자(韃子) 500여 명을 거느리고 마을을 지키고 있었다. 상당히 먼 곳의 모래땅을 보니 한 무리의 인마(人馬)가 움직이고 있었는데, 그는 단지 요동의 주민들이 도망하여 바다로 들어오는 것으로 의심하고 바로 그들의 짐과 말들을 빼앗으려 칼 및 활과 화살을 지니고서 마침내 때려잡고자 막 나오려던 참이었다. 이쪽에서 진충(陳忠) 수비(守備)가 일찌감치 달병(韃兵)임을 알아차리고 화기(火器)를 단단히 그들에게 겨누고 있다는 것을 알지 못했기에, 불을 붙여 쏘자 꽝 하는 소리에 수십 명이 말에서 떨어져 땅바닥에 내동댕이쳐졌다. 2개의 다른 부대가 포 소리를 듣고 또 이미 합세하여 왔다. 달자(韃子)들이 모두 투구는 썼으나 갑옷을 입지 않았기 때문에 싸울 수가 없어서 말을 타고 도망가려 하였다. 진충(陳忠) 수비(守備) 등이 군사를 풀어 추격해 죽이게 하니, 20여리를 쫓아가 20여 명의 수급(首級)을 베었다.

온 사방에 군마의 먼지가 푸른 하늘 가리고	撲地征塵障碧空
깃발이 펄럭이는 곳에 긴 무지개 뻗쳐 있네.	旌旛動處掣長虹
날랜 병사들 곧바로 오랑캐의 남침 막으니	輕兵直遏胡南牧
틀림없이 삼한 지역의 가장 뛰어난 전공일러라.	應是三韓第一功

여전히 또 군대를 나누어서 앞으로 나아갔다. 탕참(湯站)에 도착하였는데, 상당히 먼 곳에 먼지가 일어나는 것을 보고 달병(韃兵)이 뒤쫓아 온다는 것을 알았다. 진충(陳忠) 수비(守備)가 포 한 방을 쏘자 때마침 합세하여 군사들이 오니, 그 군사들에게 분부하였다.

"우리들은 바다를 떠나 이미 멀리 와서 군사를 돌이킬 수가 없다. 그래도 후퇴하려고 할 때면 한눈에 사막뿐이어서 함께 달아나 탈출하기가 어렵다. 오직 앞으로 나아가서 적을 죽이는 한 가지 계책만 있을 뿐인데, 그들을 죽이지 않으면 우리가 죽으리니 모두 한마음으로 적을 베어 죽여야 한다."

또 분부하며 말했다.

"달적(韃賊) 놈들은 화기(火器)를 무서워하는데, 우리는 후원이 없는 고립된 군대로 화기가 많지 않을 것으로 여기고 반드시 화기로 완전히 부딪쳐오기를 기다릴 것이다. 우리는 지금 세 부대로 나뉘되, 나는 중앙의 부대를 거느리고서 먼저 삼안창(三眼鎗: 삼발총)을 불붙여 쏘아 그들을 유인할 터이니, 그들이 나올 때에 나머지 두 부대는 분통(噴筒)과 조취(鳥嘴)를 일제히 쏘아서 크게 이기도록 하라."

이렇게 계책을 세운 뒤에 다만 달자(韃子)가 이미 채 백보도 넘지 않은 거리에 떨어져 있는 것을 보고는, 진충(陳忠) 수비(守備)가 삼안창(三眼鎗)을 불붙여 쏘았다. 한 차례 자욱했던 연기가 걷히고 달병(韃兵)들이 뒤쫓아 오자, 바로 마주치기를 기다리다가 꽝 하는 소리가 난 곳의 좌우에 있던 두 부대가 분통(噴筒)과 조취(鳥嘴)를 일제히 쏘니 누르하치 병사들이 나뭇잎이 어지러이 떨어지는 것 같았고, 진충 수비 등은 고함을 지르며 적을 죽이러 앞으로 나아가 마구 베었다. 저 달병(韃兵)들은 중상을 입은 사람이 많은 데다 남병(南兵)들이 또한 용감한 것을 보고서야 황망히 죽거나 다친 사람들을 갈고리 창으로 맞들고 재빨리 달아났다. 관군은 멈추지 않고 있는 힘을 다해 뒤쫓아 가 죽였고 또 10여 명을 베어 죽였는데 화기(火器)로 쳐부순 자까지 함께 모두 수급(首級)을 취하였다. 또 강함을 믿고 뒤에서 퇴로를 끊으려던 달병(韃兵) 몇 명이 있었는데, 그 중의 한 명인 아살(阿撒)은 진충 수비에게 따라잡혀 창에 푹 찔린 말이 한 번 솟구쳤다가 땅에 꼬꾸라지자 사로잡히고 말았다. 다른 한 명도 군사(軍士) 양패(楊旆)가 걸쳐 놓은 구렴창(鉤鐮槍)에 의해 산 채로 끌려왔으며, 그리고 아직 세 명이 더 있었는데 모두 남병(南兵) 서너 명이 한 명을 에워쌌고 대여섯 명이 한 명을 사로잡고 나머지도 또한 붙잡혔다. 합계하건대, 생포자가 아살(阿撒) 등 5명이고, 참수자가 52명이고, 달병(韃兵)의 투구가 86개, 갑옷이 8벌이고, 말이 25필이고, 허리에 차는 칼이 40개이고, 활이 60개이고, 화살이 300개이었다. 더 뒤쫓으려는 바로 그때 온 산에서 딱따기 치는 소리를 들었는데, 이 딱따기 소리는 흡사 우리 중국의 봉화(烽火)와 같은 역할을 했다. 봉화는 꽤 느리지만 이 딱따기 소리는 눈 깜짝할 사이에 전해졌는데, 누르하치가 곧 많은 병력을 이끌고 구하러 온다는 것이었다. 진계성(陳繼盛) 참장(參將)이 그 소리를 듣고서 군사를 수습하여 돌이키라고 하였다. 많은 군사들이 곧 달적(韃賊)들을 결박하여 둘러매고, 수급과 투구와 갑옷 및 기계 등은 말에 싣고서 일제히 바닷가 어귀를 바라보며 회군하였다. 배에 오르자, 해안에 이미 10여 명의 드센 자들이 왔고 달병(韃兵) 수천 명이 뒤쫓아 오니, 진충 수비는 배를 깊은 바다를 지나서 방향 바꿔 녹도(鹿島)로 향하게 하였다. 이 녹도와 바싹 마주한 선성(旋城)의 중간에는 얕은 바다의 모레 지역이 있는데, 이때 바닷물이 빠져 모레 밭이 살짝 드러나 있었다. 저 달자(韃子)들은 바로 배를 붙잡을 수 있다고 여기고 고민 없이 모레 밭이 있어서 달릴 수 있음을 알고 곧장 말을 채찍질하며 뒤쫓아 왔다. 이 모레 밭이 또한 질펀한 것을 생각지 못하였기에, 말들이 밟자마자 발이 빠져 들어갔는데 앞발을 겨우 빼내어도 뒷발이 또 빠졌다. 섬 주변에는 섬을 지키는 자들이 또 이미 허다한 활과 화살 및 병장기들을 설치해놓은 데다 더욱이 몇 명의 대담한 요동 군사들도 바닷물을 건너 급히 와서 화포(火炮)를 마구 쏘아대었는데, 선두에서 말을 타고 있던 달병(韃兵) 몇 명을 모레 밭에 떨어뜨렸다. 다행히도 뭍에 있던 달적(韃賊)들이 황망히 갈고리를 걸어서 끌어갔는데, 그렇지 않았으면 빠져 죽거나 붙잡히지 않겠는가. 어찌할 도리가 없어 물러나 갈 수밖에 없었다.

이쪽에서는 진충(陳忠) 수비(守備)가 스스로 피도(皮島)로 회군하여 당보수(塘報手)가 구두로 이미 보고하자, 3개의 포를 쏘아 병선(兵船: 전투선)을 섬으로 들어오도록 하였다. 진계성(陳繼盛) 참장(參將)이 장병들을 거느리고 전리품을 헌납하니, 모문룡 장군은 즉시 상으로 금품을 주고 군영(軍營)의 문까지 맞이하러 나가 사기를 북돋우는 한편, 책자를 만들어 제본(題本: 상주문)을 갖추었다. 이것이 바로 앵도과(櫻桃渦)·탕참(湯站)의 대첩인데, 피도(皮島)에 있을 때 최초로 거둔 제일가는 전공(戰功)이었다.

전적으로 장병들의 힘찬 기운에 의지하여	全憑將士有生氣
손으로 누란을 죽여 나라의 은혜 갚으려 하네.	手殛樓蘭報國恩

여덟 방면으로 적의 소굴에 들어가 공격하려는 것은 실로 근거한 데가 있는 것이지 종이 위의 빈말이 아니었다. 그러나 절로 장성(長城)이 무너졌는데도 변경에서 질지(郅支: 흉노)를 베려는 사람이 없는 것을 한스러워하지 않을 수 없고, 하물며 오랑캐가 남쪽으로 내려와 말을 먹임에랴. 거의 그 고기를 베어 먹고 그 가죽을 깔고 자려고 할 것이다.

여덟 방면이 지극히 상세하고도 핵심적이어서 동강(東江)이 어찌 하루라도 오랑캐를 잊었겠는가, 그러므로 오늘날에 이르러 공격했지만 또한 오랑캐를 견제할 수 없었으니 진실로 종이 위의 빈말일러라.

제18회

지극한 효도로 어미의 정절을 극진히 펼치고, 홀로 바치는 충성은 위로 천심을 감동시키다.

大孝克伸母節, 孤忠上格天心.

소륵의 샘물이 솟아나니 달기가 열수(洌水) 같고, 호타하(滹沱河)의 강물은 또 단단히 얼어붙었네. 충심은 신명을 감동시키고 하늘의 뜻을 살필 수 있어서 은연중에 비호해 주었네. 참으로 청사에 전해지리라.(泉飛疏勒甘如洌, 堅冰又結滹沱水. 忱可格神明, 鑒天心, 暗中相庇. 的的傳青史.)

충절은 진실로 옛날의 현인과 견주니, 치이(鴟夷)라도 어찌 거센 물결 밑에 잠기는 것을 아끼랴. 겹겹의 포위 벗어나 급한 물살에 맡기니, 드넓은 바다로 둥실둥실 떠가네. 예나 지금이나 아름답기가 같을 만하리라.(忠貞眞與前賢比, 鴟夷何惜沉波底. 急浪脫重圍, 趁洪濤, 飄然逝矣. 今古堪同美.)

이상의 곡조는 《낙등풍(落燈風: 등 떨구는 바람)》이다.

한 점의 정성일지언정 쇠와 돌도 뚫을 수 있다. 때문에 예로부터 충효와 절의는 어수선한 세상에서도 펼쳐지지 않은 적이 없으니, 마음에 깊이 감동하여 가만히 있는 자가 없었다. 만약 절부(節婦)이라면 아닌 게 아니라 얼음을 먹으며 고생을 하면서도 지아비를 지키고 자식들을 키우니, 한편으로 꿋꿋한 절조는 어찌 성군(聖君)을 감동시키지 않으랴. 어버이에게 효도하던 사람이 맹세코 나라를 위하기로 마음먹고 공을 세우면 어찌 어버이를 드러나게 하며 이름을 드날리지 않으랴. 심지어 충신은 목숨을 버리며 임금의 은혜에 보답하고자, 저들은 험한 곳을 밟고 위험한 곳에 뛰어드는 것을 두려워하지 않으며, 아무도

모르는 가운데 하늘이 언제나 그들을 돕는다는 것을 알지 못한다. 예컨대 우리 왕조의 광덕 지현(廣德知縣) 왕숙영(王叔英)이 백성들을 위하여 기우제(祈雨祭)를 지냈지만 〈비가 오지 않자〉 나무를 쌓아놓고 분신하려 불을 붙이려는데 비가 왔다. 조국공(曹國公) 이문충(李文忠)이 오랑캐[원나라]를 정벌하다가 식수가 부족하여 하늘을 향해 기도하고 말이 땅을 발굽으로 파니 맛이 좋은 물이 나왔다. 이것들을 드러내 보이는 역사책이 어찌 빈말이겠는가. 그러나 뜻밖에도 때로는 같은 부류끼리 모이는 경우가 있다. 모문룡 장군은 진충이 승전을 보고한 것에 의거하여 이미 사유를 갖추어 제본(題本)하였다. 이를 인하여 한가한 가운데 다음과 같이 생각하였다.

'내 이역에서 전공(戰功)을 세운 이 몸은 어디에서 올 수 있었으며, 아버지를 일찍 여의었으니 만약 어머니가 애써 수절하지 않았다면 어떻게 성장하여 어른이 되었겠는가. 이제 어머니마저도 이미 돌아가셨으니, 살아서도 봉양하지 못하였거늘 죽어서도 어머니의 정절을 드러내어 기리지 못하면 또한 자식으로써의 정을 펼 수가 없을 것이다.'

그리하여 경략 왕 사마(王司馬: 王在晉)에게 정문(呈文)을 바쳤으니, 대략 이러하다.

> 소직(小職: 모문룡)은 원래 산서성(山西省) 평양(平陽) 출신이나 절강성(浙江省) 항주(杭州)에서 거주하였습니다. 9살 때에 감사(監士: 국자감 학생)이셨던 아버지 모위(毛偉)가 돌아가셨습니다. 어머니 심씨(沈氏)가 26살 때에 돌아가셔서 집안 형편이 보잘것없게 되자, 소직(小職)은 의지할 데 없이 외로워 살아갈 수가 없었는데 다행히도 외삼촌 순천 부윤(順天府尹) 심광조(沈光祚)가 키워주어 성장하였습니다. 소직(小職)은 어머니가 늙도록 집이 가난했던 것을 생각하고 변방의 요새를 떠돌다가 녹봉을 받기 위하여 벼슬길에 올라서 서로(西虜)를 베거나 포로로 잡은 공으로 만호(萬戶)에 승진되었으

며, 오래지 않아 양호(楊鎬) 경략(經略)에 의해 도사(都司)가 되었습니다. 어머니가 62세에 병든 몸으로 항주(杭州)에 계실 때에 사유를 자세히 써서 소직(小職)을 부르니, 제 마음이 어미 새의 은혜에 보답하려는 까마귀와 같아서 끝없이 진심어린 마음으로 남쪽을 바라보며 눈물을 흘리고 애간장이 갈기갈기 찢어지는지라, 사정을 아뢰어 본원(本院)에 부탁했지만 휴가를 주도록 승낙하지 않았습니다. 이때 소직(小職)도 역시 충성과 효도를 둘 다 온전히 하지 못할 것인데다 나라가 마침 일이 많은 때에 처하였음을 헤아리고 즉시 남쪽으로 돌아가지 않았는데, 어머니는 그로 인해 아들을 그리워하여 이리저리 뒤척이며 잠을 이루지 못하고 자리에 몸져누워 돌아가셨으니 이 세상이 다하도록 끝이 없는 큰 통한이 이미 되고 말았습니다. 비록 고어(皐魚)가 어버이 봉양치 못해 나무를 안은 채 슬퍼하는 통한에 견줄 수 있지만 끝내는 오(吳)나라 부차(夫差)에게 패한 월(越)나라 구천(句踐)이 복수하려는 처지와 같았으니, 이것은 소직(小職)이 하늘을 향해 절규하고 뜬구름을 바라보면서 매일 눈물 흘리는 것을 금치 못하는 까닭이었습니다. 그러나 요동에서 건언(建言: 의견)을 본원(本院)에 올렸지만, 또한 초야에 묻힌 비천한 사람이 선택을 받기도 전에 끝내 요동(遼東)과 광녕(廣寧)이 잇달아 함락되었습니다. 소직(小職)은 늘 신하가 된 몸으로서 마땅히 몸을 나라에 바쳐야 한다고 생각했으므로 모레 밭에 뼈가 묻히는 것은 장수의 영광이라고 여겼습니다. 다만, 하루아침에 전쟁터에서 죽어 말가죽에 싸여 돌아오면 소직(小職)이야 신하된 자로서 충성을 다한 것이라서 묘당(廟堂: 조정)이 소직(小職)을 위하여 표창하겠지만, 소직(小職)은 어머니 되는 사람을 위해 애써 수절한 것을 말하여 밝히지 못하게 되리니 자식 된 자로서 효를 다하는 도리에 소직(小職)은 실로 흠결이 있는 것이라서, 소직(小職)의 어머니는 빙상처럼 맑고 깨끗한 절조를 자식의 불효 때문에 그 좋은 실상이 가려지게 될 것입니다.

지금 천자께서 효로 천하를 다스리시고 절의로 천하를 교화하시는 때에 소직(小職)의 어머니 같은 사람은 응당 정절(旌節)을 동네에 세워서 풍속 교화를 위해 밝혀야 합니다. 그리고 본 부원(本府院)에서 군관(軍官)을 고무

하는 법으로 삼는다면 반드시 저의 지극히 꽉 막히고 맺힌 심사를 통할 수 있게 되어 마음으로 감동하고 분발하여 죽을힘을 다할 수 있을 것입니다. 소직(小職)은 정말 뛰어난 인물도 아니고 다만 성난 개구리일 뿐이지만, 바라건대 이런 격려 속에서 살며 마음속의 생각이 이루어지기를 감히 간청하나이다. 또한 소직(小職)은 지원이 없는 싸움일지라도 스스로 죽음으로써 나라에 보답하는 것을 분수로 여기지만, 소직(小職)이 죽으면 누가 소직(小職)의 어머니를 위해 수절을 알리겠습니까? 설사 소직(小職)의 어린 동생 모계룡(毛季龍)이 전당(錢塘)의 상학(庠學: 학교)에서 공부하고 있을지라도 또한 어찌 소직(小職)이 살아있을 때와 같겠습니까? 본원(本院)에서 저를 격려하고자 한다면, 소직(小職)이 바다 밖에서 의지할 곳이 없어 위태로운 것을 가련하게 여기어 소직(小職)을 위해 정절(旌節)을 세우도록 주청(奏請)하여 주시겠습니까? 어떻게든 소직(小職)이 살아서는 은혜를 보답하려는 마음을 더욱 떨칠 것이며, 맹세코 적과 같은 하늘 아래서 살 수 없어서 설사 변경을 지키더라도 충성과 효도에는 흠결이 없으리니, 웃음을 머금고 저승에서 어머니를 뵐 수 있을 것입니다. 엎드려 바라건대 자세히 살펴서 동네에 정절(旌節) 세우기를 시행하도록 주청해주십시오.

그러므로 경략(經略) 왕 사마(王司馬: 왕재진)를 거쳐 황제께 아뢰었다.

정문(呈文)을 보오니 모문룡의 어미 심씨(沈氏)는 젊은 시절부터 수절하였사온데, 신(臣)이 절강성(浙江省)에서 여러 해 동안 벼슬살이를 하면서 이미 그 대략을 들었사옵니다. 모문룡이 변경에서 벼슬을 두루 거치는 동안, 그의 어미는 마을 입구에 서성이며 자주 미리 바라보았습니다. 아득히 먼 곳에 떠도는 자식을 그리워한 백발의 어미는 위험한 곳에 가지 말라는 말을 하였고, 바다 밖에서 지원이 없어 고립된 신하는 흰 구름[白雲]이 들창에 걸려 있는 것을 보고 어미를 생각하였을 것입니다. 곧은 지조는 그의 평소 뜻을 이룬 것이니 모두 그 어미의 어짊을 높이 드러낸 것이었으며, 아녀자의 덕행은 본래 명문가에서 비롯되어 옥처럼 그의 아들을 무예에 뛰어난 인물이 되게 하였던 것입니다. 모문룡은 나라를 위하느라 집을 잊었고 임금을 위하느라 어미를 잊었으니 바로 그 자체가 반드시 그렇게 되는 마음이었으며, 조정에서 신하에게 충성하게 하고 자식에게 효도하게 하는 것은 모름지기 다른 사람에게 끼치기 위한 전례로 삼기 위한 것으로 보자면, 그가 이역 땅에서 공명을 세운 것도 그 어미에게 착하고 지혜로움이 있어서임을 드러내는 것이 온당하니 정절(旌節)을 세우게 하는 은혜를 응당 미치게 해야 할 것 같사옵니다.

이처럼 사유를 갖추어 제본(題本)을 만들어 아뢰니, 정절(旌節)을 동네에 세우도록 허락하였다. 이에 이르러, 진실로 자식은 어머니가 없었으면 해전(海甸)에서 위엄을 떨칠 수 없었을 것이고 어머니는 자식이 없었으면 알려지지 않은 덕행을 드러내어 알릴 수 없었을 것이니, 살아 있는 자와 죽은 자 모두에게 여한이 없을 것이라고 할 수 있다.

40여 년 미망인이라 일컬어지는 동안에	四十餘年稱未忘
씀바귀 캐느라 머리카락 더욱 희끗해졌네.	捋荼贏得鬓成蒼
날개 자라니 큰 바다에서 세 마리 봉이 날고	羽成溟海飛三鳳
날개 꺾이니 깊은 규방에서 홀로 황이 우네.	翎殺深閨泣獨凰
꿈속에서 이 섬을 헤매다가 놀라 깨어나고	此島夢迷驚剩枕
무림의 구름 끊어지니 나그네 옷을 적시네.	武林雲斷濕征裳
황제의 조서가 특별히 저승을 빛나게 하니	丹書特爲光泉壤
변방의 요새에는 왕릉의 의기 더욱 양양하네.	絶塞王陵氣更揚

모문룡 장군은 나라의 두터운 은혜에 감격하여 스스로 힘을 다하기로 급히 도모하였으니, 요동의 백성들을 불러 모아 위무하고 방비책을 강구하여 적의 소굴을 무찌르려 여력을 조금도 남기지 않고 쏟았다. 유민들이 매우 많아서 받아들일 수 없었기 때문에 또 피도(皮島) 동남쪽

에 있는 운종도(雲從島)를 일구어 보냈다. 또한 피도와 철산(鐵山)이 서로 마주하고 있는데, 철산의 산세가 험준하고 샘물이 끊이지 않은 것을 보고서 주둔할 수 있을 것으로 여겼다. 육로가 연결되어서 누르하치가 압록강을 건너 침범해 올 수 있었기 때문에 특별히 겹겹의 관문(關門)을 설치하였는데, 관문 밖에는 참호를 만들고 담벽을 쌓았으며 관문 안쪽에는 상거래를 위해 시장을 개설하였다. 또한 누르하치가 침입해 올 수 있는 관문 밖의 용천보(龍川堡)·미곶보(彌串堡)·추림반(趨林畔)·거련(車輦)에서 의주(義州)에 이르기까지 180리를 모두 군사들을 동원하여 조선[高麗]과 협력하여 지켰다. 바로 조선[高麗]과 누르하치가 접경해 있는 강변 일대로서 수구성(水口城)·감주(甘州)·악강(渥江)·청석(靑石)·호령(狐嶺)·삭주(朔州)·창성(昌城)·창주(昌州)·필담(畢潭)·별동(別東)·흑호리(黑狐裡)·소호리(小狐里)·관평(關平)·왜귀(矮鬼)·여산(麗山)·와룡돌(臥龍突)·만포(滿浦)·건계(乾階) 등 각 지방은 오랑캐[逆奴]들이 모두 침범할 수 있고, 내창성(內昌城)에서 강을 건너면 누르하치의 운두리(雲頭里)이고 양마전(亮馬佃) 지방은 만포(滿浦)에서 오룡강(烏龍江: 흑룡강)을 건너면 되는 곳으로 모두 누르하치의 노채(老寨)와 통할 수 있을지라도, 우리의 군대가 적의 소굴을 치러가는 길이기도 하여서 모두 군사를 동원해 보내어 조선과 협력하여 지켰던 것이다. 압록강(鴨綠江)이 바다로 들어가는 곳에는 또한 땅덩어리 하나가 우가장(于家庄)이라 불리고 있었는데, 진강(鎭江)과 서로 가까운데다 숲이 없어 모두 평평하게 펼쳐진 땅이라 죄다 개간하게 되면 진강을 핍박할 수 있었다. 그리하여 경략(經略)은 조금도 편안한 날이 없었다.

어느 날, 이미 12월 한겨울이었는데 갑자기 발군(撥軍: 파발군)이자 야불수(夜不收: 정탐군)인 정무(丁武)가 탐문해 보고하였으니, 누르하치가 병마(兵馬)들을 정돈 점검하고 막 강이 언 것을 이용해 삼차하(三岔河)

를 건너 관문을 침범하려고 하였다. 모문룡 장군은 이를 듣고서 즉시 참장(參將) 이승혜(易承惠)를 창성(昌城)으로, 유격(遊擊) 왕보(王甫)를 우가장(于家庄)으로, 유격 왕승란(王承鸞)을 수구성(水口城)으로 가도록 보내고 자신은 72척의 배를 몰고 진강(鎭江)·탕참(湯站)으로 향하였다. 이로써 모든 배들이 수관(水關)을 떠나 북쪽을 향해 출발하였다.

이때가 한겨울인데 서풍이 갑자기 일어나니, 바다는 매우 드넓은데다 세찬 바람과 험한 물결이 높았다.

> 잠깐 동안에 모래가 날리고 나무가 뿌리째 뽑혔으며, 잠시도 쉬지 않고 파도를 쳐대며 바다물결을 뒤흔들었다. 거센 풍랑소리에 출전의 북소리가 전혀 들리지 않았으며, 바람에 펄럭이던 깃발의 그림자도 뒤헝클어졌다. 닻도 소용없고 방향타도 역부족이어서 만 곡(斛)을 실은 무거운 배라도 감당해낼 수가 없었으며, 돛대가 꺾어지려 하고 장간(檣竿)이 기울어지려 하니, 천 근 드는 힘을 죄다 부질없이 쓰게 되었다. 마치 떠도는 버들개지처럼 허공에 가득 날리더니, 떠다니던 복숭아꽃처럼 도처에 떨어지고 말았다.

뒤로는 피도(皮島)가 멀리 떨어져 있었고, 앞으로는 또 장자도(獐子島) 등의 각 섬에 다다르지 못했거늘 해질 무렵이 되자 바람이 더욱 거세어져 가련하게도 70여 척의 배가 유성(流星)처럼 날아온 비를 맞아 흩어졌으니, 장간(檣竿)이 꺾어져 뒤집히기도 하고, 방향타가 동강나서 전복되기도 하고, 암초에 부딪쳐 가라앉기도 하고, 떠다니는 얼음과 충돌하여 부서지기도 하고, 각 섬에 도착하기도 하였으며, 뜻하지 않게 우연히 등래(登萊)와 천진(天津) 지방에 들어가거나, 떠다니다가 조선(朝鮮)에 도착하거나 멀리 일본(日本)에 이르거나 하였다. 모문룡 장군의 배도 표류하여 마치 외로운 부평초와 같아 닻을 내리고 머물 곳이 없었고, 신변에 아울러 구원하러 온 배 한 척도 없었다. 바다 위에서 정처 없이 하루

밤낮을 떠돌자 배에 가득히 탔던 자들이 놀라 두려워하였고, 오랑캐 땅으로 가까이 갈수록 고립된 군대가 오랑캐들에 의해 급습당할까 무서워하였으며, 이른 아침에 조수(潮水)에 의해 얕은 바다로 떠밀려서 앞으로 가려 해도 갈 수가 없고 물러나려 해도 물러날 수가 없어 사람을 보내 구원을 받고자 했으나 또한 별도의 배도 없었다. 놀라고 걱정할 바로 그 즈음 큰 바람에 의해 또 허다한 큰 얼음덩어리들이 깨뜨려져 떠내려 와 배를 또 파손시키고 바닷물이 배 안으로 곧장 들어오니, 비록 선원들이 간신히 회마(灰麻: 엷은 회색의 화강암)로 막으려고 한들 어떻게 대양(大洋)을 벗어날 수 있겠는가. 모문룡 장군이 이 광경을 보고는 향(香)을 가져오도록 하여 하늘에 빌었다.

"만약 하늘이 우리 명나라가 요동을 회복하도록 돕지 않거나 모문룡이 진심으로 나라를 위하지 않는다면 자라나 악어의 뱃속에 죽을 것이며, 만약 우리 명나라가 마땅히 흥성해야 하여 모문룡이 응당 끝내 나라를 위해 힘을 다해야 한다면, 천신(天神)께서는 보우(保祐)하사 저를 위험으로부터 벗어나게 해주소서."

빌기를 마치자, 다만 기이한 향기가 하늘에 가득하고 아득히 구름 속에 흡사 사람의 형태가 있는 듯이 보였는데, 이때 조수(潮水)가 이미 썰물 시간을 지나자 갑자기 또 물결을 일으키며 조수가 밀려왔다.

땅을 흔들며 큰 파도 일으키니	動地起洪濤
배는 터럭 하나와 같이 가볍네.	舟輕似一毛
서강을 누가 움켜쥐고 잡아당기려나	西江誰掬挽
경각에 달린 목숨 살려달라 부르짖네.	涸轍免呼號

바다물살을 이용해서 방향타를 잡고 남쪽을 향해 곧바로 가리켰다. 파도가 한 번 치솟아서 휘몰아치는 바람에 떠가다가 어슴푸레한 가운데

일찌감치 하나의 섬을 보고는 모든 배들이 환호를 질렀는데, 뜻밖에도 바로 피도(皮島)이었다. 조수(潮水)가 빠져나가 해안에 닿을 수가 없는데다 또한 배가 다시 갯벌에 빠지자, 부하 군사 양이(楊二)가 황망히 옷을 벗더니 모문룡 장군을 등에 업고서 바닷가 벼랑에 올라갔는데, 다른 사람들도 모두 물을 건너며 뒤따라갔다. 섬 안에서 또 거룻배로 나가 맞이하려 했으나, 이때는 지난번에 이미 배가 가라앉고 말았었다.

모문룡 장군이 본부에 도착하자 각 장수들이 모두 와서 문안하였는데, 모문룡 장군은 다만 바람에 가로막혀 적의 소굴을 들어갈 수 없었던 것을 한스럽게 여겼다. 기쁘게도 2,3일이 지나지 않아 각 방면에서 보고하였다. 창성(昌城) 방면에서는 12명의 수급(首級)을 베었고, 우가장(于家庄) 방면에서는 21명의 수급을 베었고, 수구성(水口城) 방면에서는 17명의 수급을 베었는데, 모두 전마(戰馬)와 병장기들을 빼앗았다. 이때 누르하치는 팔왕자(八王子: 皇太極)와 함께 하동(河東)에서 병마(兵馬)들을 정돈 점검하다가 각 영채(營寨)에서 딱따기 소리로 위급한 사실을 알려온 것을 듣고 모두 달아나 노채(老寨)로 돌아갔다. 그러나 각 방면의 병력이 부족하여 적의 소굴을 공격하기에 형편이 좋지 않아 모두 이미 강을 건너 돌아와 지키고 있다가 일부러 와서 전공(戰功)을 보고하였던 것이다. 모문룡 장군이 말했다.

"누르하치가 만약 노채(老寨)로 달아났다면 관상(關上: 산해관)은 걱정하지 않아도 될 것이다."

그리고는 각각에게 상을 내려주었다. 자신이 위험에 처했다가 죽지 않은 것을 생각하니, 비록 천자의 존엄함 때문이라 하겠으나 신들의 힘인 것도 같았는지라, 물결 타고 살아온 신하가 충순(忠順)한 결과를 이룬 것을 상소하며 천비묘(天妃廟)를 묘도(廟島)에, 낭랑묘(娘娘廟)를 타기도(鼉磯島)에, 용왕묘(龍王廟)를 황성도(皇城島)에, 산신묘(山神廟)를 피도(皮島)에 세우기를 청하자, 모두 돈을 지출하는데 스스로 공경히 은전(銀錢)을 내놓으니 사당의 모습이 일신하였다. 모문룡 장군의 정성이 충분히 신명(神明)을 감동시키지 않은 것이랴, 송나라 장세걸(張世傑)은 어찌 일찍이 하늘에 기도하지 않았으랴만 끝내 모면하지 못하고 배가 뒤집혀 바다에 장사지냈고 송나라 왕조로 하여금 끝내 멸망되게 하였다.

모문룡 집안의 큰 절의는 모두 황제에게 상달되었고 천지까지 감동시켰으니 진실로 또한 무림(武林)의 성대한 일이었다.

세 번의 조수(潮水)에도 모문룡 진영(鎭營)은 화를 모면하려 하지 아니하고 오히려 누르하치를 견제하는 것을 잊지 않았으니, 이것이 바로 험난함을 이유로 마음을 후퇴시킨 것이 아니다.

제19회

장반이 금주를 회복하고,
두귀가 만포에서 대전을 치르다.
張盤恢復金州, 杜貴大戰滿浦.

모문룡 땅에선 은혜의 물결 잊을 수가 없거늘 | 毛土恩波不可忘
어찌 머리 숙여 승냥이 이리 같은 자 섬기랴. | 肯敎俛首事豺狼
비가 내려 궁벽한 바다 적셔주길 염원하니 | 雲霓念切濡窮海
일월 같은 은혜 깊어 타국의 거친 땅 비추네. | 日月恩深照大荒
죽음을 면하여 다시 주나라 정삭을 따르고 | 緩死再遵周正朔
구차히 살아나 명나라 벼슬아치를 마주하네. | 偷生重晤漢冠裳
음식을 아낌없이 차리고 군대를 환영하니 | 壺漿莫惜迎軍旅
늙어도 가슴속 품은 회포 미칠 듯 기뻐라. | 潦倒襟懷喜欲狂

군대의 운용은 나아가서 취하는데 있으므로 잃었던 영토를 회복하는 것은 쉬우나 새로운 영토를 확장하는 것은 어렵다. 영토를 확장하는 것은 단지 군대의 위력을 보였을 뿐 은덕은 보이지 않았기 때문에 사람들이 대부분 의구심을 품지만, 잃었던 것을 되찾는 것은 오랫동안 은혜로운 성의(聖意)를 입어서 그야말로 지극히 회상에 젖어 절로 기꺼이 따르려하는 생각이 있기 때문에 대군이 한번만 들이닥쳐도 자연히 귀순하고 복종한다. 이것이 200명으로 진강(鎭江)을 취할 수 있었던 까닭이다. 하동(河東) 지역의 금주(金州)는 요동(遼東)과의 거리가 가장 멀고 바다와 지극히 가까우며, 밖으로 여순(旅順)과 통하고 안으로 복주(復州)·개주(蓋州)·요주(耀州)·해주(海州)와 인접하며, 남쪽으로 여순구(旅順口)가

『明末 遼東形勢圖』에서 인용

있고 동쪽으로 능각만(菱角灣)・소평도(小平島)・용왕당(龍王堂)이 있고 서쪽으로 쌍도(雙島)・마양도(麻羊島)・저도(豬島)・남신구(南汛口)・북신구(北汛口)가 있어서 모든 방면으로 진군할 수 있지만, 또한 이것이 위험하여 지키기 어려운 이유이었다. 누르하치는 유흥조(劉興祚)라 불리는 유애탑(劉愛塔)에게 관직을 내려 총병(總兵)을 삼아 지키게 하였는데, 유애탑은 각 섬의 군대가 바다로 둘러싸인 곳에 거주하고 있는 것을 보고 잠시라도 방어하는데 소홀하여 기습을 받아 동씨(佟氏: 동양진) 반적과 같이 될까 처형될까 걱정되었고, 또한 누르하치가 이영방(李永芳)과 같이 친히 신임했던 자들에 의해 거듭 몇 번이나 살해될 뻔한 것을 본데다 오랑캐의 성격이 일정하지 않아서 이미 귀국할 생각을 하고 있었기 때문에, 2월경 품첩(稟帖: 상신서)을 모문룡 장군에게 올려달라고 등주(登州) 순무(巡撫)에게 말했다.

> 유홍조(劉興祚)는 죽을죄를 지어 참으로 죄송하오나 대장군(大將軍)께 머리를 조아리나이다.
> 유홍조가 중화(中華)를 배신하고 오랑캐를 따른 것은 원래 본심이 아니라 본디 기회를 엿보아 제 자신을 바쳐서 속죄하려 한 것이지만 태대(台臺: 누르하치)가 의심을 품었으니, 죽을 곳에서 벗어났다고 하나 여전히 죽을 곳으로 들어간 것이었습니다. 이제 누르하치가 금주(金州)·복주(復州)·개주(蓋州) 등 세 개의 주(州)를 지키도록 맡겼는데, 6월을 정하여 주(州)들을 가지고 은밀하게 귀순할 것이니 부디 죽음을 면하게 하는 패표(牌票: 공문)를 내려주시고, 이어서 군대를 동원하여 지원해주시면 실로 은혜 갚기에 적합할 것이옵니다. 아룀.

모문룡 장군은 유애탑(劉愛塔)이 보내온 김응괴(金應魁)에게 상을 내리고 죽음을 면하는 패표(牌票)를 주면서 유애탑으로 하여금 신중을 기해 누설되지 않도록 하였다. 그리고 이어서 장반(張盤)을 보내 군사 500명을 거느리고 마양도(麻羊島)에 주둔하면서 지원에 대비하도록 하였다.

6월이 되자, 유애탑(劉愛塔)이 또 장응과(張應科)를 보내어 와서 성을 바치기로 약속하고는, 누르하치가 추격해올까 두려워하여 배를 지원해달라며 시기를 25일로 정하였다. 모문룡 장군도 한편으로 거룻배를 비밀히 각 섬에 머물게 해 운용하도록 하였다. 그런데 뜻밖에 25일이 미처 되지 않았는데도 요동의 백성들이 쉴 사이 없이 해구(海口)로 도망쳐 오는 것이 보일 뿐이니, 장반(張盤) 수비가 배를 가지고 구제하며 유애탑(劉愛塔)의 소식을 물었는데, 알고 보니 유애탑은 본주(本州: 금주)의 수보(守堡) 왕병(王丙)이란 자가 사람됨이 교활하고 탐욕스럽고 포악해 자신의 통제를 받지 않아서 그가 방해하여 일을 그르칠까 두려웠기 때문에, 그의 죄상을 적어 품첩(稟帖)으로 만들고는 누르하치에게 아뢰어 그를 잡아가도록 한 뒤에 자기는 곧 주(州)들을 가지고 고국으로 돌아오고자 하였다. 생각지도 않게 왕병도 유애탑이 중국과 내통하여 사람들을 거느리고 성을 바치려 한다는 것을 폭로해 고발하자, 누르하치가 이를 알고 우선 3만 명의 군대를 보내어 와서 이 두 사람을 체포하고 아울러 사위(四衛)의 사람들을 모두 요양(遼陽)으로 쫓아내려고 하니, 그래서 그것을 원치 않은 자들이 도리어 바다의 섬으로 도망쳐 들어오려고 했던 것이다. 장반 수비가 또 발군(撥軍: 파발군)과 야불수(夜不收: 정탐병)를 미리 각 주(州)에 보내어 탐문하게 하니, 아닌 게 아니라 유애탑은 체포되었고 백성들은 북쪽으로 내쫓겨 갔는데, 성에는 별도의 수장(守將)을 두었으며 남아 있는 병사들이 5,6백 명에 불과하였고 백성들 또한 3,5백 명에 불과하였다.

장반(張盤) 수비가 한번 생각한 뒤에 말했다.

"내가 여기에 온 것은 원래 유애탑(劉愛塔)을 지원하고 기회를 엿보아 성(城)을 취하기 위한 것이었다. 지금 유애탑이 사로잡혀 있는데 내가 그를 구할 수가 없다면, 어떻게 모문룡 대장에게 회답하겠는가."

또 반나절이나 깊이 생각하다가 말했다.

"사위(四衛)에서 몰아낼 자는 몰아내고 도망갈 자는 도망갔으니, 각 성에는 짐작컨대 사람들이 많지 않을 수도 있다. 설사 수장(守將)이 새로 왔을지라도, 정과 뜻이 흡족한 적이 없었으니 그를 위할 사람이 없을 것이다. 그가 생각지 못한 때에 출정하여 먼저 금주(金州)를 탈취하고 차례로 복주(復州)·개주(蓋州)를 탈취하여 그가 기반을 안정시키기를 기다리지 않는 것이 나을 것이니, (지금이 아니면) 어느 때에 또 대규모의 군대를 출동할 수 있으랴. 그렇지만 하나의 성을 빼앗을지라도 병사가 수천 명이라야 좋을 터인데, 부하 병마(兵馬)가 5백여 명에 불과하니 일을 이루지 못할까 두렵다."

또 웃으며 말했다.

"당초 모문룡 장군 나리께서 2백 명으로 진강(鎭江)을 빼앗은 것에 따르면 5백 명이라도 이미 많은 편이다. 또한 피난민 가운데서 장정(壯丁)을 가려내면 적을 죽일 수는 없더라도 함성을 지르며 돌격하여 분위기를 돋울 수는 있을 것이다."

일단 가려내어 헤아리니 1,750여 명이어서 35부대로 나누었다. 또 생각하였다.

'낮에 가면 적들은 우리의 병력이 많고 적음을 알 수 있을 것이니 밤에 가는 편이 더 나을 것인데, 모문룡 장군 나리가 동양진(佟養眞)을 사로잡을 때도 밤이었다.'

그리고 곧바로 7월 2일 밤사이에 은밀히 배를 마양도(麻羊島)에서 금주(金州) 해안에 이르기까지 띄웠는데, 밤이면 가고 낮이면 숲속 깊숙이 있는 파괴된 성[堡]의 허물어진 가옥 속에 잠시 몸을 숨겼다.

2,3경(更)이 다 되어서야 성과 떨어진 거리가 멀지 않은 곳에 이르자, 장반(張盤) 수비가 말했다.

"적을 잡는 것은 적을 쫓아버리는 것만 못하다. 지금처럼 성을 포위하여 적을 공격하는 것이나 성을 허물고 진입하여 적을 죽이는 것은 모두 고생만 실컷 하는 것이다. 차라리 다만 남문(南門)에 있으면서 함성을 지르거나 깃발을 흔들며 북문(北門)을 열어놓아 그들에게 도주로를 삼게 하면, 적들은 밤중에 내막을 알지 못하고 결국 도주할 것이다. 이것은 우리가 전쟁을 일으키지 않고도 한 개의 성을 얻은 것이니, 구태여 쌍방이 죽이거나 다치게 할 필요가 있겠느냐?"

장반 수비가 또 분부했다.

"길가의 도망간 백성들이 남겨놓은 허물어진 집에서 갈대로 만든 벽과 초막을 모두 가지고 오라."

그리고 그 자신은 병사들을 거느려 선두에 있고, 저 35개 부대의 사람들은 매우 멀리까지 분산되어 있으면서 함성을 지르고 서로 호응하도록 하였다. 또 부하들로 하여금 화포(火砲)를 많이 가지고 1,2리(里) 간격마다 한 곳씩 설치하여 그곳에서 쏘아 멀리 호응할 수 있게 하였다. 분부하기를 마치고 성에 이르니 이미 3경(庚)이었는데, 장반(張盤) 수비는 장작과 건초를 가져와서 수십 곳에 나누어 주고 불을 붙여 대낮과 같이 환하게 한 뒤에 일제히 화포를 쏘고 함성을 지르도록 하였다. 이 함성의 호응소리가 족히 몇 리를 이으니, 또 매우 먼 곳에서 화포소리가 서로 호응하였다. 성 안의 달자(韃子)들은 꿈에서 놀라 깨어나 보니 남쪽에 불이 일어나 대낮같이 밝은데다 함성이 천둥치듯 크게 울렸지만, 바야흐로 얼마나 되는 병마(兵馬)가 성에 다가왔는지 알지 못한데다 기쁘게도 북문에는 등불이 보이지 않으니 아직 완전히 포위되지 않은 것으로 생각하고 급하게 말을 준비해 뛰어올라 성안에 쌓아둔 양식도 거들떠보지 않고 성 밖이 어두컴컴한 것도 상관하지 않고서 6,7백 명의 달자(韃子)들이 필사적으로 도망치듯이 달아났다.

동틀 무렵이 되어서야 다만 보니, 성안의 거주민들이 늙은이를 부축하고 아이들을 데리고서 향화(香花)를 사르며 성문을 활짝 열어 맞이하였다. 장반(張盤) 수비는 즉시 병사들을 수습하여 성으로 들어갔다. 달병(韃兵)들이 멀리 달아난 것을 알았지만 뒤쫓아 가지도 않고 백성들을 위무하는 데서 그치고 창고의 장부에 의거하여 곡식 3천 석, 크고 작은 포(砲)나 총(銃) 1,014위(位), 초황(硝磺) 560근, 크고 작은 총

알[鉛子] 7,302개 등을 수습하였다. 급보가 피도(皮島)에 이르렀다.

> 크게 군대를 일으켜서 방어하기를 청하니, 거의 요충지를 장악할 수 있을 것입니다. 서남쪽의 쌍도(雙島), 정남쪽의 여순구(旅順口), 동쪽의 삼구우(三犋牛) 등이 모두 우리의 소유가 되었습니다. 성에서 남쪽으로 120리는 모두 군사를 모아 식량을 비축하거나 귀순시켜 둔전(屯田)을 경작케 할 만하고 등주(登州)·천진(天津)의 배들이 왕래하면서 정박할 만한 곳으로 동쪽으로는 개주(蓋州)·복주(復州)를 엿볼 수 있고 서쪽으로는 광녕(廣寧)과 통할 수 있습니다. 더욱이 성에서 남쪽으로 20리 땅은 양쪽의 절벽이 바다에서 떨어져 있고 그 가운데는 산등성마루가 가로지르며 안에는 넓이가 100보나 되는 길이 있으니, 중관(重關)을 설치하여 금주(金州)를 방어하는 험준한 요새로 삼기를 바라나이다.

모문룡 장군은 즉시 제본(題本)을 갖추어 금주(金州)를 굳게 지키려면 모름지기 군량과 병장기가 필요한데 동강(東江: 피도)은 자급하기에도 부족하다고 말하며, 조정에서 급히 원조해주기를 간청하였다.

머리 들어 변방에서 의로운 군사 바라보니	翹首邊城望義師
일전에 오랑캐 평정한 것을 보아 기쁘네.	喜看一戰靖胡兒
이제부터라도 다시 황제의 교화가 젖으니	從今再得沾王化
길 양쪽에서 군사들 환영 어찌 지체하랴.	夾路壺漿不敢遲

바로 상소문을 올릴 때 또 생각했다.

'누르하치가 정예병 3만 명을 동원하여 미리 복주(復州)에 갔을 때, 만일 그 틈을 엿보아 해주(海州)에 주둔하면서 병사들을 모우고 군량을 쌓아 산해관(山海關)을 엿보아 소유하려 생각했는데, 혹시라도 장반(張盤)이 금주(金州)를 손에 넣은 것을 알고 군사를 돌려 빼앗으려 한다면, 장반(張盤)이 어떻게 지탱하며 대적할 수 있으랴. 차라리 적의 소굴을 공격하여 누르하치로 하여금 동쪽을 지탱하면서 서쪽까지 염려하도록 하면, 바로 이것이야말로 그의 사특한 음모를 멈추게 하는 것이고 장반(張盤)을 보전할 수 있는 좋은 계책일러라.'

그리고는 황망히 영전(令箭: 군령을 전하는 화살)을 전하였으니, 참장(參將) 이승혜(易承惠)가 천 명의 병사를 감독하여 미리 만포(滿浦)에 가서 오룡강(烏龍江: 흑룡강)을 건너 길을 잡고 곧바로 쳐들어가게 하고, 도사(都司) 두귀(杜貴)가 천 명의 병사를 감독하여 창성(昌城)에서 압록강(鴨綠江)을 건너서는 운두리(雲頭里)를 거쳐 곧바로 쳐들어가게 하되, 모두에게 밀봉문서를 내려 자신의 계획과 책략을 일러주었다. 또 참장 모승록(毛承祿)은 천 명의 병사를 감독하여 선봉이 되어 진강(鎭江)을 거쳐 탕참(湯站)・봉황성(鳳凰城)・신전보(新佃堡)・초하구(草河口)・첨수구(甛水口)로 가는 길을 잡아서 가되, 딱따기 치는 소리를 들으면 곧바로 회군하게 하였다. 모문룡 자신은 3천 명의 병사를 감독하여 진강(鎭江)에 주둔하면서 양 방면을 지원하고자 하였다.

계획과 책략이 이미 정해진 뒤에 먼저 이승혜(易承惠) 참장(參將)이 병사들을 거느리고 출발하여 앞으로 나아가 강을 건너 횡강(橫江) 지방에 도착해 한 개의 영채(營寨)에 주둔하였는데, 포를 쏘고 함성을 지르면서 군사들을 풀어놓아 마음껏 각 마을[堡]을 공격하도록 하였다. 각 마을에서 계속하여 딱따기 치는 소리가 전해지자, 누르하치가 노채(老寨)에 있다가 즉시 서둘러 군대를 동원하여 횡강(橫江) 일대를 향해 와서 적을 막으려고 하였다. 막 떠나려 할 때, 일찌감치 또 두귀(杜貴) 도사(都司)가 창성(昌城)을 거쳐 압록강을 건너 운두리(雲頭里)에서 한 개의 큰 영채(營寨) 한 곳을 점령하고 양마전(亮馬佃)을 곧바로 표략하니, 양마전에서 또 딱따기 치는 소리가 전해졌다. 팔왕자(八王子: 黃太極)가 마침 요양(遼陽)에 있었는데, 양 방면으로부터 명나라 군대가 와 본거지가 초멸되고 있다는 소식을 듣고서 마침내 말을 소유한 달자(韃子)들을 데리고 곧장 뒤쫓아 양마전(亮馬佃)에 이르렀으나 이틀을 달리는 동안 한 사람도 보이지 않았다. 이때 두귀(杜貴) 도사(都司)는 이미 강을 건너 돌아가 버렸었다. 팔왕자(八王子: 黃太極)가 직접 운두리(雲頭里)까지 뒤쫓아 간 뒤 한 큰 영채(營寨)를 보고 노여움이 극도에 달하여 영채를 공격하라 하였다. 그러나 그것은 텅 빈 영채이었으니, 안에는 쓸모없는 장작과 건초가 여전히 쌓여 있었다. 팔왕자가 매우 노하여 불태우라고 했는데, 다 불에 타지 않았을 때는 그런대로 괜찮았으나 완전히 불에 타 버렸을 때는 이러하였다.

> 불기둥이 흩어져 중천이 노을빛이었고, 포탄이 날아와 온 땅이 천둥소리이었네. 어지러이 계속해서 날아오는 불화살은 번갯빛처럼 춤추고, 빽빽하게 빈틈없이 탄알이 철 전갈처럼 날아오네. 떨어지는 곳마다 머리가 깨지고 이마가 찢어졌으며, 치러 왔을 때 말도 죽었고 사람들도 죽었네. 흡사 항우(項羽)가 함양(咸陽)을 태운 것과 같고, 마치 제갈무후(諸葛武侯: 제갈량)가 등갑(藤甲)을 태운 것과 같네.

한바탕의 화포에 대략 수천 명이 맞아 죽었다. 저쪽에서 강을 건너 구원하러 온 자들이 이 계략에 걸려들어 빈 영채(營寨) 안에 화포를 쏘았는데 3분의 1이 맞아 죽었던 것이다. 막 번민하고 있는데 하동(河東)에서 딱따기 소리가 또 울리자, 누르하치는 매우 화가 나서 말했다.

"이번에 가서 그놈들 죽여 죄다 없애리라."

강을 건넌 후에 딱따기 소리를 따라 곧바로 뒤쫓아서 첨수참(甜水站)에 이르렀는데, 모승록(毛承祿)도 이미 회군했기 때문에 이틀 동안 영채(營寨)를 점령하고 찾았으나 떠나가 볼 수가 없었다. 부하들을 점고해보니,

양마전(亮馬佃)에서 5천 여 인마(人馬)가, 횡강(橫江)에서도 4천 명이 밑돌지 않게 타살되기도 하였지만, 인마(人馬)가 5,6일 동안이나 달리느라 목말라 죽은 사람이 천여 명이고 쓰러져 죽은 말이 8천여 필이었다.

제각기 오랑캐 왕자들이 잠시 첨수참(甜水站)에서 휴식을 취하며 모문룡을 간사한 계략으로 사람을 농락하는데 능숙한 간적(奸賊)이라고 욕하고는, 달자(韃子)들에게 위로하여 포상하고 자기들도 취하도록 실컷 술을 마신 뒤 잠들었다. 이경(二更)이 되었을 때 여전히 또한 딱따기 소리가 귀가 따갑도록 울렸는데, 이는 모문룡 장군이 직접 군대를 독려하고 한 부대를 나누어 관전(寬奠)과 애양(靉陽)에서 죽이라고 외치게 하고는, 또 한 부대를 나누어 강을 건너 사송(沙松)에서 화포를 배열하고 불을 붙여 쏘게 하였던 것이다. 이때 각 왕자들은 출병할 때를 기다리다가 두세 차례 허탕을 친데다 보람도 없이 허다한 인마(人馬)가 손실을 입었지만, 만약 가지 않는다면 명나라 군대가 정말로 관전과 애양을 통해 진군하여 영채(營寨)를 공격해 오는 것을 막아낼 수 있을까 두려웠다. 한 사람이 말했다.

"이 간적(奸賊) 놈이 농간을 부려 남을 속이는데 익숙하여 틀림없이 여전히 이번에도 우리를 속일 것이니 갈 필요가 없다."

다른 한 사람이 말했다.

"그놈이 우리를 여기저기 쫓아다니다 그르치도록 속였기 때문에 우리들이 믿지 않고 구호하지 않을 것으로 예상하고는 기필코 근거지를 공격하러 오는 것은 사실일 것이니, 죽이러 가는 것이 더 옳을 것이다."

단지 캄캄한 밤중에 황급히 또 출병하여 산 오르고 물 건너느라 어슴푸레한 그림자 속에서 발을 헛디뎌 벼랑에 떨어지거나 물에 빠지기도 하여 인마(人馬)들이 얼마나 상했는지 알 수 없었다. 곧장 뒤쫓아서 진강(鎭江)에 이르렀을 때, 각 보(堡)에서 말했다.

“이번에는 과연 모문룡 장군이 직접 병사들을 거느리고 왔다가 도착하자마자 바로 가버렸습니다. 그러나 딱따기 소리가 울리지 않았으니, 그가 돌진해 들어와도 영채(營寨) 안에서 방비하지 못할까 두렵습니다. 그가 떠날 때에 이르러서도 어떤 신호 소리도 없었으니, 부득이 각처에 구원병을 청할 경우에도 방도를 찾을 수 없습니다.”

제각기 왕자들은 한탄하며 말했다.

“틀림없이 그와 한바탕 싸우면 그의 몇 사람이야 베어 버릴 수 있겠지만, 우리 자신도 약간의 손상을 입고서 끝날 것이다. 엎어지며 자빠지며 동쪽으로 뛰고 서쪽으로 서둘러 7,8일간 달려왔는데도 사람 그림자조차 하나도 볼 수가 없었는데, 모문룡 때문에 죽은 자가 허다하다니, 정말 화가 난다.”

각 병사들이 노력해도 어찌할 도리가 없어 각자 영채로 돌아갈 수밖에 없었다. 이곳에서 모문룡 장군은 비록 전쟁을 하지 않았을지라도 도리어 때려죽이거나 지치게 해 죽인 것이 허다하였다.

황제의 군대는 비범히 전쟁하지 않았거늘	王師神不戰
오랑캐 기병은 저절로 갈라져 무너졌네.	虜騎自分崩
신묘한 꾀 이보다 공교한 것 없었지만	妙算無如巧
미치광이 오랑캐는 절로 감당치 못하네.	狂奴自不勝

모문룡 장군이 영채(營寨)에 도착하여 각 관아에서 기록한 공적서를 가지고 포상하고, 한편으로 제본(題本)을 갖추어 승리를 보고하였다. 이것이 바로 누르하치가 비록 용맹하다 하나 지혜에 의해 굴복하지 않을 수 없었으니, 힘으로 싸우는 것은 하책이고 심리적으로 싸우는 것은 상책이라고 하였다.

병법에 다방면으로 교란시켜서 저들이 떠나가면 우리가 되돌아오고 저들이 가면 우리가 들어가는 것이야말로 적은 숫자로써 많은 적을 제어하고, 약한 자가 강한 군대를 이기고, 지혜로 어리석은 자를 부리는 묘책이다. (이렇게) 교란시켜 감히 대응하지 않을 수 없게 한다면 누르하치는 바야흐로 쥐구멍 속의 쥐가 되어 나오고 싶어도 감히 나오지 못할 것이니, 그래도 하서(河西)에 해를 끼치랴.

적을 교란시키는 한 방법은 확실히 동강(東江)이 잘 하는 일이다. 그러나 교란시켜도 오랑캐 또한 감히 소굴을 떠나지 않으니, 하물며 어피달자(魚皮韃子) 등 여러 부족을 부른들 올 것이랴만, 통분하기만 하다.

제20회

양마전에서 관군이 오랑캐를 격파하고, 우모채에서 오랑캐 군대가 다시 패하다.

亮馬佃官兵破賊, 牛毛寨虜衆再衄.

장군의 작전에 무릎 치며 기뻐하였나니 | 拊髀籌元戎
지혜와 용맹 귀하게도 하늘이 내리셨네. | 智勇貴天錫
걸출한 자질 타고난 만인의 으뜸일러니 | 英英萬夫雄
가는 곳마다 마치 천둥 치듯이 공격하네. | 所向如霆擊

기략이 깊으니 귀신조차 놀라고 | 機深神鬼驚
자취도 찾아볼 수가 없어라. | 蹤跡莫可覓
어찌 또다시 어루만져 따르게 하랴만 | 那更爭拊循
휘하에서 기쁨과 슬픔을 같이하여라. | 帳下共休戚

의로운 깃발 마침 동쪽 가리키고 | 義旗偶東指
너도나도 뛰며 적을 죄다 없애네. | 踴躍圖盡敵
높은 산의 조각돌에 글 새기나니 | 片石銘高山
은하수에 닿을 듯한 봉화 연기 사라지네. | 絶漠烽煙滌

싸우는 군사가 살고 죽는 것은 한 장수에 달려 있다. 이 장수는 모름지기 지혜·어짊·용기[知仁勇]를 구비해야 함을 알아야 하는데, 어짊으로 평소에 군사들을 돌볼 수 있고, 용기로 제때에 적을 궤멸할 수 있고, 지혜는 또 사지에서 사졸들을 구출하여 살 수 있게 할 수 있으니, 적들이 승리할 수 있는 가능성을 빼앗아 그들을 패배시키는 것이다. 심지어

면밀히 정탐하여 이목이 밝아지게 하고, 부지런히 어루만져 마음과 뜻이 하나가 되게 하고, 제때에 훈련하여 근력이 강건하게 하고, 상벌을 엄정히 하여 의기가 드높도록 하면, 가는 곳마다 대적할 상대가 없을 것이니, 생각건대 병졸을 적에게 넘겨줌에 이르지는 않을 것이다. 모문룡 장군은 이미 금주(金州)를 회복한 데다 또한 만포(滿浦)·창성(昌城)에서 계략을 써 허다한 오랑캐 병사들을 죽이고 허다한 달마(韃馬)가 달리다가 죽게 하니, 군대의 명성이 크게 떨쳤다. 어느 날 창주(昌住)·필담(畢潭) 등 두 곳의 수보관(守堡官)이 사람을 보내어 와서 보고하였는데, 강 건너 맞은편을 보니 누르하치의 차인(差人)들이 양마전(亮馬佃)에서 천 마리씩 백 마리씩 떼를 이룬 대부대가 방목하고 있다는 것이었다. 모문룡 장군은 보고를 듣고 말했다.

“이것은 말을 보내오는 것이로다.”

이윽고 여러 장수들에게 말했다.

“누르하치가 늘 승리하는 기예는 활솜씨라고 사람들이 말한다. 그러나 그의 활과 화살이 비록 날카로울지라도 멀리 미치지 못하니, 그가 항상 이기는 것은 갑옷이 견고하고 칼이 날카로운 데다 말이 건장하고 군법이 엄해서이다. 그는 갑옷과 칼을 만들 때 모두 사용할 사람들에게 미리 나누어주고 칼의 날카로움과 무게감, 갑옷의 무게감과 길이 등을 감독하도록 하여 그들의 의견을 따르게 하였다. 천하에 자기 자신이 받아서 사용할 물건이 좋지 않기를 바랄 자가 있겠는가? 중국의 말은 왜소하고 전쟁터에 익숙하지 않아 변방에서 말을 사가지고 오는데, 모두가 심하게 병이 있어서 겨우 팔러 온 말이지만 말을 사는 관원은 단지 숫자만 채우기를 바랄 뿐이니, 어떻게 누르하치가 한 것처럼 말마다 모두 키 크고 살찌고 튼튼할 것이며, 뿐만 아니라 한 사람당 한 필씩 말을 타야하는데 어디에서 한 필씩 말을 마련하겠는가? 누르하치가 매번 전쟁을 할 때면 오랑캐 장수들은 병사를 거느려 선봉에 섰지만 누르하치의 자식·조카·생질·사위들은 후방에서 전투를 독려하였는데, 힘껏 싸우지 않는 자가 있으면 즉시 베어 죽이고 그의 처자식까지 도륙하였으니 이것이야말로 처벌이 중한 것이다. 어떤 곳을 공격하여 점령해야만 할 때에 그의 팔왕자(八王子)와 동양성(佟養性)·이영방(李永芳) 등이 각기 한 부대씩 거느리고 교대로 공격하였는데, 만약 이때 이 부대들이 성을 격파하면 성 안에 있던 금백(金帛)과 부녀자 등의 절반은 그들에게 돌아가고 나머지 9개 부대가 절반을 가지니, 이것이야말로 상이 중한 것이다. 오랑캐들이 죽기를 두려워하면서도 이익을 탐하여 힘을 내지 않는 자가 없는 까닭이다. 내가 보아하니, 병장기들이 예리하게 하는 것은 청렴하고 재간 있는 관원이 있으면 해낼 수 있는 것이고, 상을 받을 만한 사람에게는 반드시 상을 주고 벌을 받을 만한 사람에게는 반드시 벌을 주는 것은 위엄 있는 대장이 있으면 해낼 수 있는 것이고, 유독 말에 있어서는 결코 그와 같이 잘하고 그와 같이 많게 할 수 없을 것이다. 내가 일찍이 듣자니 당(唐)나라 때 안록산(安祿山) 반적(叛賊)의 장수 사사명(史思明)이 양마(良馬) 3천 필이나 있었는데, 매일 말들을 끌고 성호(城壕)에서 목욕시켰다고 한다. 당나라 대장 이광필(李光弼)이 이를 알게 되자, 어느 날 군중(軍中)에서 암말 천여 마리를 고르고는 사사명이 말들을 목욕시키려 나왔을 때에 사람을 시켜 끌고서 그 맞은편 언덕에 있게 하였다. 암말들이 그 말들을 보자마자 길게 울기 시작하니, 사사명(史思明)의 말들도 암말의 울음소리를 듣고 끝내 강을 건너 이쪽으로 암말 떼를 좇아왔다. 적군들이 이를 막을 수가 없었던 데다 강물이 가로막혀 뒤쫓을 수 없었으니, 모두 이광필(李光弼)이 느긋하게 데려갈 수 있었다. 지금 누르하치 놈이 말들을 끌고 모두 우리가 있는 가까운 곳에서 방목하고 있는데, 지혜로 취할 수가 없어도 힘으로는 취할 수가 있으니 어찌 말을 보내주는 것이 아니겠는가?"

그리고는 즉시 유격(遊擊) 우경화(尤景和), 도사(都司) 두귀(杜貴), 참장(參將) 이종혜(易從惠)·모승록(毛承祿)으로 하여금 각기 3천 명의 병사들을 거느리고, 본대(本隊)에서도 중군(中軍) 진계성(陳繼盛)으로 하여금 3천 명의 병사를 거느려 다섯 방면에서 출병하게 하였다.

이보다 앞서 우경화(尤景和) 유격과 두귀(杜貴) 도사가 병사들을 거느리고 곧장 나아가 양마전(亮馬佃) 북쪽에서 색출하며 적의 병마가 돌아가는 길을 저지하였고, 이종혜(易從惠) 참장은 양마전 동쪽으로 나아가고 모승록(毛承祿) 참장은 양마전 서쪽으로 나아가고 자신은 양마전 정남쪽으로 진입하였다. 추석 달빛에 의지하여 다섯 방면의 인마(人馬)들이 몰래 강을 건너 마침내 양마전을 향해왔는데 밤낮을 가리지 않고 계속해서 와 양마전에 도착하니 늦은 밤이었다. 저 양마전에는 원래 말이 많지 않았기 때문에 다만 달자(韃子) 천여 명도 방목만 할 뿐 생산에 크게 전력투구할 수 있는 곳이 아니었으며, 거꾸러져 있는 말 만여 필(疋)도 우모채(牛毛寨)·동고채(董古寨)·마가채(馬家寨) 등 각 영채(營寨)에서 물과 풀을 찾아와 방목하는 말이었다. 이날 밤에 각 달자(韃子)들이 말들을 모두 안장과 고삐를 벗겨 풀을 먹기 좋게 해놓은 뒤, 자기들은 삼삼오오 무리를 지어 마유주(馬乳酒)을 마시고 쓰러져 잠이 들어 있었다. 얼핏 정남쪽에서 화포 소리 한 번 들리더니 고함소리까지 크게 떨쳐 흡사 모문룡 장군이 병사들을 이끌고 쇄도해 온 듯해 달자(韃子)들은 막 놀라서 달아나야 할 방향을 모르고 있었는데, 동쪽과 서쪽 양쪽에서 일찌감치 화포소리가 호응하더니 모승록(毛承祿) 참장과 이종혜(易從惠) 참장의 양 부대가 또 바싹 다가오고 있었다. 대담한 자도 안장과 고삐, 활과 칼을 찾지 못한 채 말에 뛰어올라 타고 북쪽으로 도망갔고, 소심한 자는 모두 가시덤불 속이나 깊은 도랑가의 허물어진 집 속에 몸을 숨겼거늘, 다시 감히 와서 말을 돌보았으랴. 바로 그때 정북방에서 또 잇달아 끊이지 않고 화포소리가 울리자, 두귀(杜貴) 도사와 우경화(尤景和) 유격 두 사람이 길을 막고 적들을 죽였는데, 이들 도망치는 달자(韃子)들을 이리저리 달아나는 곳에서 죽이고, 달아나던 말들도 뒤쫓아 가서 모두 빼앗았다. 날이 샐 무렵에 모문룡 장군은 양마전(亮馬佃)에서 주둔하며 병력을 나누고 양마전 안에 있던 말들을 죄다 거두게 하니 8천 필에 밑돌지 않았다. 밤이라서 달병(韃兵)들이 도망쳐 숨기에 용이하였기 때문에 베여죽은 것이 단지 백여 급(級)에 불과하였다. 모문룡 장군은 군대를 수습해서 섬으로 돌아왔다.

죄다 검고 누런 좋은 말들이 많고도 많은데	紛紛良馬盡驪黃
물 따라 거친 들판에 와서 석양 아래 누웠네.	逐水荒郊臥夕陽
누가 생각했으랴, 망라하여 몰래 와서	誰料網羅來暗裏
남국의 뜻에 따라 힘 다해 치달릴 것을.	却隨南國效騰驤

섬에 도착하여 말들을 군사들에게 나누어 주고는 공이 있는 원역(員役: 아전)에게도 죄다 상을 내려주었다. 9월 1일에 이르러서는 원차(原差: 죄인 압송인)로서 요양(遼陽)에 깊숙이 들어가 죄인들을 조사하고 체포하고자 탐문했던 천총(千總) 마성공(馬成功)이 들어와 뵙기를 청하니, 모문룡 장군이 앞으로 가까이 들게 하여 칭찬하고 위로하며 그에게 상황을 묻자, 마성공이 대답했다.

"소인(小人)이 높으신 뜻을 삼가 받들고 요양(遼陽)에 미리 가서 낮에는 숨었다가 밤이면 길을 가서 장 어사(張御史: 張銓) 사당 앞에 먼저 도착하였다가 족질(族侄) 마기군(馬起群)이 저쪽에서 돼지들을 몰고 있는 것을 보았습니다. 소인이 앞으로 나아가서 그에게 중요한 소식을 물었더니, 바로 지금 누르하치가 각 방면에서 인마(人馬)들을 모집하고 이번 달에 침범하려고 한다 하였습니다. 소인이 다시 그의 집에 3일간 더 머물며 아닌 게 아니라 도로에서 어지러이 풍문이 떠도는 것을 보았습니다. 소인이 이 풍문을 믿을 만한 소식으로 알고 한밤중에 다시 돌아왔습니다."

모문룡 장군이 다 듣고서 마성공(馬成功)에게 후한 상을 내리고 장병들을 모여들게 하여 의논하였다.

3만 명의 수륙(水陸) 관병(官兵)을 점검하도록 분부하면서 각 부대는 20일 분의 군량을 가지고 6일에 앵아구(鶯兒溝)를 출발하여 양마전(亮馬佃)을 거쳐 13일까지 동고채(董古寨)에 도착하였다. 모문룡 장군은 군령(軍令)을 거듭 엄하게 내리고 대군의 위세를 이용하여 한바탕 싸워 동고채를 빼앗는데 달자(㺚子) 26명을 죽이고, 76필의 말과 60두의 소, 278마리의 돼지와 양을 탈취하였다. 모문룡 장군은 노획물들을 가지고 와서 삼군(三軍)에게 나누어준 뒤 출병하여 전진하였다. 14일, 우모채(牛毛寨)에 도착하여 알고 보니 텅 빈 영채(營寨)였고 모두 도망쳐 사람의 그림자라고는 없었다. 16일에 곧장 염왕채(閻王寨)에 도착해 주둔하였는데, 문득 보니 17일에 누르하치가 대군을 이끌고 왔다. 모문룡 장군이 분부했다.

"오늘 깊숙이 적의 소굴에 깊이 침투할 것이니 힘껏 싸우지 않으면 안 된다. 만일 뒷걸음질 치는 자가 있으면 그 자리서 참수할 것이다!"

마침내 유격(遊擊) 마응괴(馬應魁)로 하여금 관전(寬奠)·애양(靉陽)·진강(鎭江)의 각 방면 병마들을 거느리게 하여 전군(前軍)으로 삼고, 자신은 유격 왕삼천(王三荐)을 거느려 중군(中軍)이 되고, 도사(都司) 두귀(杜貴)는 후군(後軍)으로 삼고, 참장(參將) 진계성(陳繼盛)과 유격(遊擊) 모승록(毛承祿)은 좌우익(左右翼)으로 삼았다. 모문룡 장군이 진계성과 모승록 두 장수를 불러 앞으로 나아가도록 분부하고는 직접 삼군(三軍)을 통솔하여 있는 힘을 다해 죽기를 각오하고 싸웠는데, 각 군대도 적의 요해처에 깊이 들어왔기 때문에 앞으로 나가야만 했지 후퇴할 수가 없어서 일당백으로 싸우지 않는 자가 없었다. 온종일 격렬한 전투가 이어졌고 상호간에 살상자가 발생했다.

대장이 군대를 동원해 불모지에 들어가니	大將勤兵入不毛
어지러이 뜨거운 피로 활과 칼 더럽히네.	紛紛熱血汚弓刀
온 군대가 음산 아래서 있는 힘껏 싸우니	全軍力戰陰山下
어찌 흉노의 필마들이 달아나지 않으랴.	肯令匈奴匹馬逃

한창 전투할 때 얼핏 누르하치 군대의 후방에서 첫 화포소리를 듣고 진계성(陳繼盛)·모승록(毛承祿)의 두 신예부대가 지름길로 누르하치 군대의 중군(中軍)을 곧장 쳐들어가 그들의 대장을 사로잡으려 했다. 누르하치 군대는 자신들의 후군(後軍)에 남병(南兵: 명나라군)이 돌진해 왔다는 소식을 듣고 놀라서 당황스러움을 금치 못하였는데, 남병들은 남병이 이미 누르하치의 중군(中軍)을 돌진해 쳐들어갔다는 소식을 듣고 모두 땅이 흔들리도록 환호성을 지르고 진영이 무너지도록 크게 소리를 질렀다. 누르하치 군대는 선두와 후방에서 동시에 쇄도함을 감당할 수 없어 하는 수 없이 퇴각하였으나 관군들에게 5,6리쯤 쫓기다가 죽임을 당하였다. 모문룡 장군은 전면에 수풀이 무성한 것을 보고 복병이 있을까 염려하여 군사들을 돌아오도록 명을 전했다. 문득 보니, 부하들이 쉴 사이 없이 와서 전공(戰功)을 보고하였다.

중군 유격 왕삼천(王三薦): 14명 참수
유격 왕승란(王承鸞): 5명 참수
전군 유격 마응괴(馬應魁): 6명 참수
후군 도사 두귀(杜貴): 5명 참수, 1명 생포
좌익 참장 진계성(陳繼盛): 7명 참수
유격 왕보(王甫): 15명 참수
우익 유격 모승록(毛承祿): 15명 참수, 3명 생포
도사 장괴(張魁): 3명 참수
종정 진강 유격 우경화(尤景和): 35명 참수
관전 참장 이승혜(易承惠): 10명 참수
애양 유격 곡승은(曲承恩): 3명 참수
도사 심세괴(沈世魁): 3명 참수
수비 무학(武學): 3명 참수
강회 참장 허일성(許日省): 3명 참수
유격 주가룡(朱家龍): 2명 참수
합계: 129명 참수, 4명 생포

모문룡 장군은 책을 만들고 제본(題本)을 기다리도록 분분하였다. 군대를 막 돌려서 강을 건너려 할 때, 문득 파발꾼 겸 야불수 1명이 고향으로 돌아가는 백성인 주지(周至)를 데리고 오는 것이 보였는데, 그가 누르하치는 우모채(牛毛寨)에서 패배한 것으로 말미암아 원한을 품고 금주(金州)를 습격하여 탈취해 복수하려고 누차 기회를 엿보며 강을 건너 침범하여 약탈하려 하니, 그 우모채에 따로 군대를 파견해 지켜서 저들이 소굴을 치는 것을 막으라고 말했다. 모문룡 장군이 말했다.

"누르하치가 금주(金州)를 취하려고 하면 장반(張盤)이 새로 회복한 땅을 어떻게 지킬 수 있을 것이랴, 기필코 가서 구해야 하는 것이야말로 옳다."

문득 보니, 막하(幕下)의 찬획 생원(贊畫生員: 참모) 갈영정(葛永貞)이 말했다.

"누르하치가 금주(金州)를 회복하겠다고 공언했을지라도 금주를 회복하는 것은 누르하치의 대군이 필요하지 않으니, 그가 산해관을 침범하여 약탈하려는 것이 확실합니다. 그가 비록 헛된 말일지라도 우리들을 속여서 병력을 나누어 금주(金州)를 지키게 하려는 것은 군사들을 모아 자신들의 소굴을 공격할 수 없어서입니다. 그가 지금 군사들을 움직이려고 하면 그의 소굴이 반드시 빌 것이니, 생각지 못한 때에 나가 다시 그의 소굴을 치는 것이 나을 것입니다."

모문룡 장군이 머리를 끄덕이며 옳다고 하였다. 우경화(尤景和)가 선봉이 되기를 원하자, 모문룡 장군은 바로 그와 진계성(陳繼盛)·허일성(許日省)을 세 부대로 나누어 우모채(牛毛寨) 등으로 다시 가게하고는 자기 자신은 병사들을 거느리고 뒤에서 호응하였다.

전산두(轉山頭)에서 시작하여 패동갈령(稗東葛嶺)·우모령(牛毛嶺)에 이르는 도로는 지세가 험한 곳으로 모두 앞에 병마(兵馬)가 배치되어 있고 지뢰가 매설되어 있으며 정교한 기계가 설치되어 있어서 오랑캐가 이르면 곧바로 폭발할 것이다. 곧장 우모채(牛毛寨)에 이르자, 이때 신임 우모채의 장수인 우록(牛鹿)이 한편으로 군사들을 거느리고 대치하며 한편으로는 딱따기 소리를 울려 구원을 요청하였으나 부하들은 새로 패배한 뒤에 담력과 기백이 없었다. 그러나 이 3명의 장관(將官)은 모두 하나같이 반드시 죽기를 각오하는 마음을 지녔으니 어떻게 이기지 않으랴, 우록의 부하들은 이 3명의 장관에게 한 차례 대패를 당하여 3백여 명이 머리를 베이고 200여 필의 말을 빼앗긴 뒤 철군하였다. 이보다 먼저 동고채(董古寨)·마가채(馬家寨) 두 곳의 병력을 합쳐서 추격해 왔으나 3명의 장관(將官)이 후방의 부대를 선봉으로 삼아 철퇴시켰는데, 그들은 우모령(牛毛嶺)의 험요처(險要處)를 스스로 차지해 허다한 포석기(砲石機)를 설치하고 또 지뢰(地雷)와 기괄(機括: 쇠뇌의 활을 발사하는 장치)을 발동하여 달자(韃子)들을 두들겨 죽인 것이 부지기수였다. 누르하치의 군대가 왔을 때는 그들은 이미 우모령에 올라가버렸고, 단지 3, 5백명의 병사들이 남아 또 패동갈령(稗東葛嶺)을 차지해 머물며 교전을 벌였다. 저 패동갈령의 양쪽은 크나큰 절벽인 데다 그 사이에 있는 한 가닥의 좁은 길은 오로지 말 한 필이 다닐 수 있었으니, 누르하치의 군대가 어떻게 추격해 올 수 있겠는가! 서로 대치하다가 밤이 되자, 우경화(尤景和) 유격이 석루(石壘)을 무너뜨리고 몰래 행군하여 남쪽으로 돌아왔다. 누르하치가 돌들을 치우고 추격해오자, 이 3명의 장관(將官)은 아아하(鴉兒河)의 남쪽 언덕에 주둔하고 있었는데, 이 또한 다만 5,6백 명의 병사뿐이었다. 누르하치가 이를 보고 크게 노하여 말했다.

"이 몇 놈을 반드시 끝내 다 죽여야만 돌아갈 것이다."

그리고는 병사들을 재촉하여 강을 건넜다. 이 3명의 장관(將官)이 강 건너편에서 화살을 쏘고 화포를 쏘아대니 누르하치의 병사들은 이미 전진하기가 어려웠고, 다시 북쪽 언덕에서도 또 허다한 화포가 날아오니 모두 이 3명의 장관(將官)이 미리 언덕 위에다 묻은 것으로, 심지가 서로 연결되어 있었고, 전체의 심지는 모두 양의 창자 안에 꿰어져서 남쪽 언덕까지 서로 연결되어 물에 젖게 할 수가 없었다. 화포를 쏘는 곳에서 누르하치의 병사들은 할 수 없이 물러설 수밖에 없었다. 3명의 장관(將官)은 함성을 지르며 마침내 군사를 돌려 모문룡 장군의 대영(大營)으로 들어갔다. 원래 벤 수급(首級)에서 누르하치가 뒤쫓아 와 습격하는 바람에 길가에 버리고 단지 171명의 수급만 남았고, 원래 빼앗은 말에서 역시 누르하치의 병사들이 바싹 쫓아오는 바람에 길에서 잃어버려 단지 113필의 말만 남았다. 모문룡 장군은 또 차례로 전공(戰功)을 기술하여 상주(上奏)하였다. 누르하치는 모문룡 장군이 군대를 통솔하는데 무기가 많이 있는 것을 보았기 때문에 감히 추격하지 못하고 또 감히 산해관을 침입하지도 못하였다.

양마전(亮馬佃)에서 군대를 네 방면으로 나눈 것은 한꺼번에 적을 모조리 다 잡으려고 한 것이며, 우모채(牛毛寨)에서 두 번째 군대를 일으킨 것은 생각지 못한 때에 적을 친다는 것으로 모두 갑자기 적을 기습[奇兵]한 것이었다.

원문과 주석

遼海丹忠錄 卷四

요해단충록 4

第十六回 大屯田戰守兼行 通商賈軍資兼足

黎庶[1]彫零困轉輸, 飢軍庚癸又頻呼[2]。
司空仰屋[3]頭爲白, 計部[4]持籌淚欲枯。
水耨[5]阿誰揮耒耜, 火耕[6]未見闢萊蕪。
東江[7]今日勤耕鑿, 會見中原力少蘇。

師行則糧食隨, 故有兵就要議餉。但餉沒個神運鬼輸, 只靠得百姓。近來雖是爲遼餉加派, 却又不免有水旱災傷減免, 是百姓身上原也支不來[8]。更又有貧頑人戶之拖欠[9], 奸猾攬戶[10]之侵那[11], 狡獪吏員之那盜, 越不足用。及至起解[12], 也不免火焚水濕盜劫各項失損。至海運, 當日遼陽[13]未失, 曾

1 黎庶: 黎民. 백성.

2 庚癸又頻呼(경계우빈호): 남한테서 돈을 빌림을 이르는 말. 庚은 西方으로 곡식을 상징하고, 癸는 북방으로 물을 상징하기 때문에, 옛날 춘추시대에 먹고 마실 것을 뜻하는 군대의 隱語로 庚癸라는 말이 사용되었다고 한다.

3 司空仰屋(사공앙옥): 司農仰屋의 오기인 듯. 사농(재정을 맡아 보는 관리)이 지붕을 쳐다보며 탄식함.

4 計部(계부): 倉部. 戶部에 해당하는데, 토지·호구·돈·곡식·조세 등을 관장하는 행정기구.

5 水耨(수누): 옛날 농사짓는 방법의 하나. 논밭에 물을 대어 풀을 없애는 것이다.

6 火耕(화경): 옛날 농사짓는 방법의 하나. 밭에서 초목을 불태우고 이것을 갈아엎어 비료의 대신으로 하는 것.

7 東江(동강): 皮島를 달리 지칭하는 말.

8 不來(불래): 익숙지 못하여 할 수 없다는 뜻을 나타냄.

9 拖欠(타흠): 빚을 질질 끌며 갚지 않음.

10 攬戶(남호): 타인의 세금을 대신 실어다가 바치고 중간에서 이익을 취하는 자.

11 侵那(침나): 侵挪의 오기. 侵挨挪移의 줄임말. 공금을 착복하기도 하고, 유용하기도 하고, 지불을 지연시키기도 함.

12 起解(기해): 화물을 호송함.

是登津[14]運至旅順[15], 接濟[16]河東; 廣寧[17]未失, 曾是登津屯覺華島[18], 接濟河西, 如今豈不能自登津運赴各島? 苦是茫茫大海, 有巨浪颶風, 因有觸礁撞渦沉溺破壞等事, 這不能竭百姓的脂膏養飢軍, 却掃巨萬之糧儲, 歸于大壑。餉司[19]以出門作了事, 軍士難把空紙當饔餐, 這也是一個極難的事。惟有一個屯田[20]之策。古來有屯田以民養兵的, 是三國時棗祗[21], 他在青州[22]冀州[23], 率民耕種, 使曹操[24]兵無乏食。有屯田以兵養兵的, 是漢時趙充國[25], 他在金城[26]安定[27], 散兵[28]耕種, 使中國不苦搬運, 滅了先零[29]叛

---

13 遼陽(요양): 중국 遼寧省 중부에 있는 지명.

14 登津(등진): 登州와 天津의 합칭어. 登州는 중국 산동성에 있는 지명이고, 天津은 중국 河北省 동부에 있는 지명이다.

15 旅順(여순): 중국 遼寧省 요동반도의 남서단에 있는 항구도시.

16 接濟(접제): 구제함. 도움. 원조함.

17 廣寧(광녕): 중국 遼寧省 北鎭에 있는 지명.

18 覺華島(각화도): 菊花島라고도 함. 중국 遼寧省 寧遠의 남쪽으로 있는 섬이다.

19 餉司(향사): 군수품을 맡아보던 관아.

20 屯田(둔전): 아직 개간하지 않은 땅을 개척하여 경작하게 하고 여기에서 나오는 수확물의 일부를 지방 관청의 경비나 군대의 양식으로 쓰도록 한 밭. 군량을 현지에서 조달함으로써 군량운반의 수고를 덜고 국방을 충실히 수행하기 위한 것이다.

21 棗祗(조지): 魏나라 사람. 本姓은 棘氏였는데 원수의 성씨를 피하여 棗氏로 바꾸었다. 陳留太守로 있을 때 가뭄이 심하여 식량이 부족해지자, 백성을 모집하여 둔전을 설치하였다. 曹操는 建安 원년에 조지와 韓浩 두 사람의 건의를 받아들여 둔전을 실시했다.

22 青州(청주): 泰山 동쪽에서 渤海에 이르는 지역을 가리키는 말.

23 冀州(기주): 지금의 河北·山西의 두 省 및 河南·黃河 이북, 滿洲 遼寧省 遼河 이서의 땅.

24 曹操(조조): 중국 後漢 말의 영웅. 본성은 夏侯, 자는 孟德. 혼란이 극한 후한 말기에 나타나 黃巾의 난리를 토벌하여 공을 세우고, 袁紹와 같이 도적과 匈奴를 토벌하면서 세력을 확장하여, 董卓의 사후 정권을 장악, 후한의 獻帝를 許都(河南省 許昌縣)에 옹립하고 북방의 여러 군웅들을 평정하였다. 208년 荊州를 토벌하고, 孫權·劉備와 호북의 赤壁에서 싸워 大敗하였다.

25 趙充國(조충국): 漢武帝 때부터 匈奴를 무찔러 명성을 떨쳤으며, 宣帝 때에 營平侯에 봉해졌다. 論策에 능하여 그가 올린 글 모두가 經世의 글로 일컬어졌다. 여러 차례 황제에게 상소를 올려 屯田의 중요성을 강조했는데, 특히 "騎兵 1만 명을 장군의 계획대로 屯田兵으로 전환할 경우 흉노와의 전쟁을 언제쯤 승리로 이끌 수 있겠느냐?"는 황제의 질문에, 싸워서 이기는 것보다는 싸우지 않고 이기는 것이 중요하다고 역설하면서, 출병을

賊。此還是古時的事，便我太祖[30]，因劉益[31]降得了遼東，也因餉道艱遠，大開屯田，着人朝鮮市買耕牛穀種，商人入粟種鹽。

毛總兵[32]他知中國百姓凋敝，登津轉餉艱難，累次咨文催討[33]，又經經撫請題，聖旨催發[34]錢糧，十不得五。要倚靠朝鮮，他國小民貧，不可屢屢煩擾，失了他心，倘使他離了心，向了奴酋，一發[35]失了依倚。只是島中向有島民，更毛鎮[36]帶有兵丁，日來接濟河東西難民，撥船[37]渡送到登萊的固多，存在海中的也不少，那一個不要糧？若使餉不接濟，不爲措置，這有一食沒一飡，軍士怎生守島，怎生出戰？這些百姓怎忍死在島中不生變麽！須尋出一條長策。想得各島除邊海水所沖灌的，是斥鹵之地，止可燒鹽，不堪開墾；還有島中高崗峻嶺，峭壁巉岩，多係山石，不可耕種，其餘平坦膏

하지 않고 金城 일대에서 둔전을 실시하는 것이 유리하다는 것을 구체적으로 12가지 조항을 들어 제시했다.

26 金城(금성): 凉州에 있던 지명.

27 安定(안정): 凉州에 있던 지명.

28 散兵(산병): 정식으로 편입되지 않은 임시병.

29 先零(선령): 古代, 중국 西北 지방의 소수 민족의 명칭.

30 太祖(태조): 명나라 朱元璋을 가리킴.

31 劉益(유익): 北元의 遼陽行省 平章. 1370년 무렵부터 명나라가 요동 지역에 회유책을 벌이기 시작하자 1371년 명에 항복한 사람이다. 그는 단순히 항복한 것을 떠나 요동 지역의 주요 지리적 사항, 병마의 배치, 돈과 식량 등을 기록한 대장 등을 넘겨주었고 이로 인해 명나라는 요동 사정에 대한 대강의 정보를 얻게 되었다.

32 毛總兵(모총병): 毛文龍이 鎭江(지금의 요녕성 단동시 구련성 방향)을 기습하였다가 누르하치의 명을 받은 阿敏과 홍타이지에 의해 쫓겨 皮島에 주둔하면서 세력을 모아 패주가 되자 명나라는 그에게 平遼總兵官에 임명한 데서 나온 호칭. 이에 따라 毛帥라고도 한다.

33 催討(최토): 재촉함.

34 催發(최발): 납부를 재촉함.

35 一發(일발): 더욱 더. 한꺼번에.

36 毛鎭(모진): 평안도 鐵山 앞바다의 椵島에 주둔한 명나라의 都督 毛文龍의 진영을 말함. 모문룡은 후금에 빼앗긴 요동을 탈환하기 위한 거점으로 삼는다는 명분 아래 1622년 가도로 들어가 주변의 木彌島 등을 아울러 東江鎭이라는 군사 거점을 만들었다. 하지만 부족한 식량을 감당하지 못한 가도에서 끊임없이 조선 정부에 물자를 요구하였고 더욱이 섬에서 나온 요동인들이 조선인을 약탈하는 등 문제가 심각해졌다.

37 撥船(발선): 부두와 本船 사이를 짐이나 사람을 싣고 왕래하는 작은 배. 거룻배.

腴之地, 已經本島民耕種, 常業不得佔據; 尙有已開墾因兵抛荒[38]未開墾, 其地儘可耕種, 皆可界限成田, 春夏種麥, 夏秋栽植黍粟, 以供糧餉。再于各山出泉處, 隨地[39]開積成池, 分成溝渠, 以備亢旱。一畝所出的, 可以供一人, 一人盡力耕種, 可得十餘畝, 便是一人養得十多人了。以此屯種, 一來可以省少國家錢糧, 二來少免登津輸挽, 三來也不怕島中缺餉。

皮島[40]中百餘里, 地腴泉溢, 向已開墾, 如今復將可耕的, 盡行開荒。又查石城島[41]地方百里, 地坦可耕, 長山島[42]大小二島, 南北相對, 中通海舟, 綿亘百餘里, 其地可耕, 又多薪水。廣鹿島[43]周廣數百里, 向有田疇。其餘給店島大三十餘里, 鹿島二十餘里, 色利島大四十餘里, 獐子島[44]大三十餘里, 海洋島[45]大五十餘(里), 王家島[46]大三十五里。又新闢皇城島・三犋牛, 各不下三五十里。皮島東南有菊花島・蕎麥島・須彌島, 都地廣可耕。島內除搭蓋[47]民居官房, 已經居民耕種的・磽瘠[48]不可種的, 其外俱牌行[49]各島守備, 督令耆民[50]兵士, 大行開墾。仍令明畫界限, 各定畝數, 給佃遼民。又酌肥瘠, 別上中下三等, 定議稅糧, 每年于夏秋成熟之時, 徵收以充兵餉。中有貧民, 毛總兵又差人賫有銀兩, 前至登津・朝鮮, 平買[51]耕牛農

---

38 抛荒(포황): (토지 따위를) 내버려둠. 돌보지 않음.

39 隨地(수지): 어디서나. 아무데나.

40 皮島(피도): 조선에서는 椵島라고 부름. 평안북도 鐵山郡 雲山面에 속하는 섬이다. 모문룡은 雲從島라 부르기도 하였다.

41 石城島(석성도): 遼寧省 大連 庄河市 바로 앞바다에 있는 섬.

42 長山島(장산도): 丹東에서 大連 방향으로 남쪽에 있는 皮口 앞바다의 섬. 대장산도와 소장산도가 있다.

43 廣鹿島(광록도): 遼寧省의 長山群島 서쪽으로 大連 가까이에 있는 섬.

44 獐子島(장자도): 遼寧省 大連市 長海縣에 속한 섬.

45 海洋島(해양도): 遼寧省의 長山群島에 속한 섬.

46 王家島(왕가도): 大王家島와 小王家島의 합칭어. 遼寧省 大連 남부의 黃海 가운데 長山列島에 속해 있다.

47 搭蓋(탑개): (작은 집을) 지음.

48 瘠(척): 원문에는 '石+脊'이나 해당 글자가 없어 대체한 글자임.(이하 동일하다)

49 牌行(패행): 行牌. 牌文을 보냄. 패문은 牌에 쓴 글이다.

50 耆民(기민): 예순 살이 넘은 늙은 백성. 物貨를 매매하는 자를 일컫는 말이기도 하다.

器分給。

只見各島島民, 在島中開溝掘埂, 成田地, 又在農忙之時, 朝耕暮耨, 栽種粟麥。島中老弱與婦女, 携壺挈饋餉農民。各島各立一個勸農官督課[52]。只見島中早已:

蓑笠動斜曛, 耰鋤破隴雲。
夫耕與婦饁, 禾黍綠紛紛。

各島之內, 建有倉敖[53], 徵收之時, 將來屯積[54], 以備糧運一時不到, 可以接濟軍士, 或是遼民歸附, 飲食不敷的, 亦行賑給[55]。把當日這些荒榛敗棘, 野草寒烟[56], 一派[57]冷落的窮島, 都已變做一個殷陳富庶的世界了。

雲鎖危峰浪拍空, 蕭蕭蘆葦泣西風。
那堪得遇回天手, 盡挈斯民化日中[58]。

但是軍士有本色[59], 這是糧米了, 還有折色[60], 買酒肉衣鞋之類, 是銀子。又遇時月的犒, 或是效有勞積, 有賞。常言道: '善用兵的, 殺人如殺草,

---

51 平買(평매): 싼 값으로 구입함.

52 督課(독과): 맡긴 일의 진행을 감독함.

53 倉敖(창오): 倉廒. 식량을 저장하는 창고.

54 屯積(둔적): 囤積. 축적함. 저장함.

55 賑給(진급): 흉년이 들었을 때 혹은 빈민에게 미곡 등을 주어 구제하는 것.

56 野草寒烟(야초한연): 蔓草寒烟. 매우 황량하고 쓸쓸함을 이르는 말.

57 一派(일파): 온통.

58 化日中(화일중): 化日中爲市. 《晉書》 卷26 〈食貨志〉의 "해가 중천에 뜨면 시장을 열어 천하의 물건을 모이게 하였는데, 처음엔 포백을 쓰다가 나중엔 화천을 사용하여 있고 없는 것을 서로 유통시켜 각기 적절함을 얻도록 했다.(日中爲市, 總天下之隸, 先諸布帛, 繼以貨泉, 貿遷有無, 各得其所.)"에서 나오는 말이다.

59 本色(본색): 조세로서 납부하는 물품.

60 折色(절색): 물품으로 납부하는 조세를 돈으로 환산함.

用銀如用水.’ 古時趙國李牧[61], 他守邊, 一應[62]賦稅, 都入他軍府[63]之中, 所以他得每日椎牛釃酒, 勞軍士。軍士人人感恩, 願効死力。後來匈奴犯邊, 軍士踴躍赴鬥殺, 教他片甲不回[64]。若使李牧平日捨不得錢財, 部下如何肯捨性命! 故爲將的, 自惜不得銀子。却也中國接濟, 有名無實, 又不以時至, 軍士們嗷嗷待給, 可以虛名哄弄他麼? 這也必須得要委曲收拾軍心, 毛將軍就思量出一箇通商之法・一個對支之法。商賈不通, 所以島中合用多缺, 就是軍士有些人參貂鼠銀兩, 也置之無用, 軍士越窮。若一通商, 客人[65]貪利, 怕甚風波, 島中百貨湊集, 有無交易, 便也衣食皆足。且每貨略取他些稅, 也可以濟軍餉。至于米麥草料, 也聽客商[66]裝載到島, 驗收若干, 然後給批, 聽赴登萊餉司, 對會東江應給餉銀。商販利重, 他也不怕路途險阻, 守支需遲。在餉司, 却也省一項渡海船脚, 又免一種風濤虧損干係, 就移文登萊, 乞寬海禁[67], 除硝黃盔甲軍器, 恐有漏入夷境等情, 聽登萊人運發, 或聽東江自行關領[68], 其餘糧食貨物船隻, 查無夾帶[69]違禁之物, 竟聽給引[70]開洋[71], 前至皮島。凡到島的, 毛將軍念他遠涉風濤, 爲身亦爲國,

---

61 李牧(이목): 趙나라의 명장. 燕나라와의 전투에서 대승을 거둬 武遂, 方城 땅을 함락하고, 秦나라 군사들을 赤麗, 宜安에서 대파했고 또한 진의 대군을 鄴과 番吾에서 대패시켰다. 또 노장 王翦이 이끄는 진의 대군이 邯鄲으로 총출동하는 초비상 사태 하에서 진나라 군사를 대패시켜 멸망의 위기를 극복하는 등 열거하기 힘들 만큼 수많은 戰功을 세워 나라를 지켜냈다. 그러나 이목이 있는 한 조나라를 패배시키기 힘들 것이라고 판단한 진이 조나라의 간신 郭開를 매수하여 그에 대한 離間計를 쓰자 이목은 할 수 없이 魏나라로 도망쳤고 이후 고국에 돌아가지 못한 채 위나라에서 일생을 마쳤다.

62 一應(일응): 모든.

63 軍府(군부): 장수가 軍中에서 일 보는 곳.

64 片甲不回(편갑불회): 片甲不存. 갑옷 한 조각도 남지 않았다는 뜻으로, 모조리 전멸되었다는 말.

65 客人(객인): 行商.

66 客商(객상): 한 곳에 정착하지 않고, 생산지와 소비지 사이를 왕래하면서 각지의 생산물을 운반·판매한 상인.

67 海禁(해금): 중국에서 해상 교역·무역·어업 등을 금지하는 것.

68 關領(관령): 나라의 금품 따위를 받음.

69 夾帶(협대): 몸에 숨기거나 다른 물건 속에 숨겨 몰래 휴대함.

極其體恤[72]。米麥草料軍糧, 細絹可備旌旗, 布疋可備衣甲, 都是軍需, 既已驗收, 卽便給批, 着赴登萊關領對支, 仍加犒賞。凡是交易的, 都爲他平價, 不許軍民用强貨買, 又禁島民詎騙拖賴。那些客商, 那一個不願來的。

利重集羶蟻, 舟檣遍海涯。
從茲窮島上, 萬里獻珍奇。

每遇給放月糧, 卽將布帛之類, 品搭[73]與軍士。犒賞時, 卽將貨物充賞。原也是軍士要用的, 還也省他一番買賣, 所以軍士也莫不歡悅。島中百貨已聚, 又將與朝鮮交易, 與朝鮮換兌米糧, 并軍中急用鉛鐵等物, 把個皮島做了商賈鱗集·百貨輻輳[74]的所在。這番糧餉也稍足, 軍需也稍足, 雖不能不藉中國的資糧器械, 然已緩急可備, 不純靠定中國。

又因中國行鼓鑄[75]足國, 咨部要行在島鼓鑄, 工部委一個大使朱裕, 帶領工匠前去。銅炭已具, 工匠稟要南京取沙, 方可成錢。毛將軍正慮往返耽延時日, 忽然工匠, 在廠取泥做爐開掘時, 地下方廣二丈餘, 俱是細沙, 與南京無異, 卽行稟報。開爐鑄錢, 果然皆成, 又得濟島中之用。這是天心助順, 亦是人心格天。

壯志勒燕然[76], 徵輸愧不前。

---

70 給引(급인): 통행권을 발급함.

71 開洋(개양): 출항함.

72 體恤(체휼): 그 입장이 되어 생각해 줌. 그 처지가 되어 동정함.

73 品搭(품탑): 종류와 등급을 살펴 곁들임.

74 輻輳(복주): 輻輳并臻. 수레의 바퀴살이 모이듯 한다는 뜻으로, 한곳으로 많이 몰려듦을 이르는 말.

75 鼓鑄(고주): 풀무질로 금속을 녹여 거푸집에 넣어서 기물을 만듦. 여기서는 돈을 주조하는 것을 일컫는 말이다.

76 勒燕然(늑연연): 後漢 때 車騎將軍 竇憲이 南單于와 羌胡의 군사들을 거느리고 稽落山에서 北單于와 싸워 크게 승리한 뒤, 그 공적을 기리기 위해 燕然山에 비석을 세운 것을 일컬음. 연연산은 몽고 지방에 있는 산으로, 杭愛山이라고도 불린다.

精忱格天意, 爲出耿恭泉[77]。

總之, 財在天地間, 無生財之人不生。若非實心爲國, 設出這些方法, 今日索餉, 明日索餉, 口頑耳更聾, 一言之失。又是要君[78]跋扈, 開罪于上; 如强要驅這干饑寒軍士出去, 不唯不濟事, 于心亦何忍。唯如此食足兵强, 方可以滅奴酋爲分內事了。

富强二字, 有國的不諱, 故管仲[79]强齊, 范蠡[80]伯越, 都先把富國爲首務。振南[81]亦踵此策, 而說者欲嚴登津入海之禁, 是飢鷹而責之颺也, 得乎?

財不神運鬼輸, 只是人生。試問如此生財, 勝加派開例[82]捐助多少。

---

77 耿恭泉(경공천): 경공의 샘. 後漢 때 耿恭이 疏勒城을 지키고 있었는데, 흉노가 와서 포위하여 물길이 끊겼다. 경공이 성 안에 우물을 깊이 팠으나 물이 나오지 않았다. 이에 경공이 衣冠을 갖추고 우물을 향해 두 번 절하자, 우물물이 갑자기 솟아 나왔다. 그 물을 퍼서 흉노에게 보내자, 흉노들이 군사를 끌고 물러갔다.

78 要君(요군): 임금을 협박함. 《論語》〈憲問篇〉의 "장무중이 방읍을 근거로 후계를 세워 줄 것을 노나라에 요구했다. 비록 임금을 협박하지 않았다고 하지만, 나는 믿지 않는다.(臧武仲以防求爲後於魯, 雖日不要君, 吾不信也.)에서 나오는 말이다.

79 管仲(관중): 춘추시대 齊나라의 재상. 조세개혁을 실행하여 井田제도 대신 토지를 한껏 활용하되 세금을 줄이는 정책을 실행하고, 농업과 수공업 발전에 유리한 정책을 실시했다. 또한 제나라의 지리적 위치와 산업을 고려하여 중상주의 경제 정책을 과감하게 도입하여 제나라의 부를 크게 신장시켰다. 곧, 桓公을 도와 군사력의 강화, 상업·수공업의 육성을 통하여 부국강병을 꾀하였다.

80 范蠡(범려): 중국 춘추시대 말기의 정치가. 越王 句踐을 보좌하여 원수의 나라인 吳를 평정하고 越나라를 覇國으로 만들었다.

81 振南(진남): 명나라 말기의 무장 毛文龍(1576~1629)의 호. 1605년 무과에 급제, 처음에는 遼東의 총병관 李成梁 밑에서 유격이 되었다. 1621년 누르하치가 요동을 공략하자, 廣寧의 巡撫 王化貞의 휘하로 들어갔다. 뒤에 연안의 諸島를 자기편으로 끌어들이고, 조선과 교묘하게 손잡고 淸나라를 위협할 태세를 취하자, 左都督에 임명되었다. 그 뒤 전횡을 일삼다가 산해관 군문 袁崇煥에게 참살되었다.

82 開例(개례): 선례를 만듦.

第十七回 毛帥規取建州路 陳忠首捷櫻桃渦

醜虜逆天誅，元戎出海隅。
翔螭[1]浮壯士，畫鷁[2]泛征夫。
白羽連波白，朱旗映日朱。
窮荒有遺老，翹首[3]嘆其蘇。

奴酋背天朝卵翼[4]大恩，屠城破邑，斬將覆軍，孤人之兒，寡人之妻，窮凶極惡，天人共憤。凡是有人心的，誰不思食其肉，寢處其皮？爭奈兵力不支，人心不固，似王巡撫[5]一般，口口[6]出戰，却被反賊內變，把一箇廣寧白手送去。似這樣看起來，必定[7]要先足了討賊兵力，再定了討賊方略，這等

---

1 翔螭(상리): 翔螭舟. 하늘로 비상하는 뿔이 없는 용이라는 뜻의 배. 隋煬帝의 황후가 탔다는 배이다.

2 畫鷁(화익): 畫鷁船. 익조는 백로와 비슷한 모양의 큰 새인데, 풍랑을 잘 견뎌 낸다 하여 뱃머리에 이 새의 형상을 새겨 걸어 놓은 배.

3 翹首(교수): 간절히 바라거나 기다림.

4 卵翼(난익): 품어 기름. 비호함.

5 王巡撫(왕순무): 순무 王化貞을 가리킴. 王化貞(?~1632)은 명나라 말기의 장군. 문과에 급제하여 進士가 되어 戶部 主事와 右參議 등을 역임하였다. 1621년 遼東巡撫로 임명되어 廣寧의 방위를 맡았다. 1622년 누르하치가 직접 군대를 이끌고 遼河를 건너 西平堡를 공격해 오자, 왕화정은 孫得功과 祖大壽, 祁秉忠, 劉渠 등의 장수들을 이끌고 후금의 군대를 공격하였다. 하지만 平陽橋(지금의 遼寧 大虎山 일대)에서 벌어진 전투에서 明軍은 거의 전멸에 가까운 큰 패배를 당했다. 손득공과 조대수는 도주하였고, 기병충과 유거는 전사하였다. 毛文龍의 후방 공격 약속은 지켜지지 않았으며, 內應을 약속했던 李永芳은 오히려 후금이 廣寧(지금의 遼寧 北鎭)을 손쉽게 점령하도록 도왔다. 자신의 반대를 무릅쓰고 後金을 공격하였다가 전군이 몰살당하는 왕화정의 패배로 熊廷弼은 廣寧을 중심으로 한 요동 방어선을 포기하고 山海關으로 明軍을 퇴각시킬 수밖에 없었다.

6 口口(구구): (행동으로는 옮기지 않으면서) 줄곧 말만 함.

7 必定(필정): 반드시. 기필코.

不似浪戰[8], 是箇萬全之師, 可以有勝無負。毛總兵細陳方略, 原要恢復全遼, 直搗奴穴, 只見各路撥夜[9]來報各路進探搗巢路徑:

鎮江[10]路: 徑長奠·永奠, 三十里至沙松排子, 三十里至分水嶺, 三十里至八家子, 十里至轉山頭, 十里鴉兒河, 二十里稗東葛嶺, 十里稗東葛嶺寨子, 三十里牛毛嶺, 二十里牛毛寨, 二十里董古寨, 十里馬家寨, 四十里深河子, 三十里大家寨子, 三十里馬家寨子, 三十里凹兒哈寨子, 四十里家哈寨, 三十里老寨。俱係小徑密林, 不便行軍, 合從寬奠出邊。

寬奠[11]路: 十五里至吉洞, 二十里小佃子, 二十里團佃子, 二十里八家子, 二十里轉山頭, 餘同鎮江路。內小佃子, 團佃子, 八家子, 雖有林木, 可伐; 牛毛嶺, 家哈嶺, 林崇嶺峻; 稗東葛嶺, 路夾大崖, 單馬獨行。

靉陽[12]路: 三十里北古河, 八十里半嶺, 七十里一赤董古寨子, 五十里頭道大嶺·二道大嶺, 四十里凹兒哈寨, 七十里至老寨。北古河, 出口依河夾峙, 林木深邃, 小河數十道, 冬春涸凍[13], 人馬堪行, 夏秋泛漲, 勢難遽渡; 頭道大嶺, 二道大嶺, 岩陡路險, 二百餘里, 止容一人一騎, 並無抄徑可由, 又有合抱大樹, 連路難伐。

清河[14]路: 三十里鴉鶻關, 二十里響花嶺, 五里撒石寨, 十里無狼寨, 十里舊鴉鶻關, 十里一哈河, 十五里烏雞關, 二十里林子嶺, 二十里錯羅必寨, 三十里老寨。一路平坦, 並無河阻。舊鴉鶻關無林, 路坦砌石[15]爲關, 可

---

8 浪戰(낭전): 消耗戰. 괜한 싸움질.

9 撥夜(발야): 撥軍과 夜不收의 합칭어. 撥軍은 각 역참에 속하여 중요한 공문서를 교대교대로 변방에 급히 전하던 군졸이며, 夜不收는 軍衆에서 정탐하는 일을 맡은 군사로 한밤중에 활동하기 때문에 이렇게 부른다.

10 鎭江(진강): 鎭江堡. 중국 遼寧省 丹東의 북동쪽에 있는 요새지.

11 寬奠(관전): 寬奠堡. 여진족의 침입을 방비하기 위하여 1573년 변장 李成梁에 의해 축조된 군사시설. 중국 遼寧省 丹東市 寬甸에 있었다.

12 靉陽(애양): 靉陽堡. 중국 遼寧省 鳳城縣 북쪽 128리에 있는 堡이다. 건주여진이 명나라를 공격할 때 주요한 공격 지점이 되었다.

13 涸凍(학동): 凍結. 얼어붙음.

14 淸河(청하): 중국 遼寧省 鐵岭市에 있는 지명.

容四馬並進。惟烏雞關, 頭道以木扣柵成關, 西邊懸崖相抱; 二道砌石爲關, 上棚大木, 二關在平地, 止通一人, 躬身而行, 不能容騎, 甚爲險峻。
林子嶺, 樹甚稠密, 可容四馬並行。
東州堡[16]路: 四十里剪河, 十里八家子, 二十里古道關, 二十里黃嶺, 三十里方巾納寨, 抄出穆七寨, 大路至拖東寨, 十里黑木寨, 十里大寨, 十里老寨。自剪河口分兵, 抄過五里嶺關, 至穆七寨, 合撫順大路, 直取奴寨, 皆坦易無阻。
撫順[17]路: 二十里關口剁刀山, 五里土木河, 十五里新寨, 二十五里汪紅木寨, 十五里氈房山城, 八里窩兒胡寨, 三十里古路寨, 十五里柵哈寨, 十七里五嶺關, 三里馬兒墩寨, 十里穆七寨·拖木寨, 十里黑本寨, 十里大寨, 十里老寨。內惟五嶺關險峻。
鐵嶺[18]路: 七十里三岔兒, 十里仙人洞, 十里王八灣, 八十里由詐哈寨, 北大路抄至康家寨, 八十里大寨, 十里老寨。俱平川[19]大路, 林木無多, 大川亦少。康家寨二十里有夾川平佃, 大樹五十里, 中有夾溝谷, 易于埋伏。

各路俱據着知識開報, 獨有開原不能探訪。毛將軍看了各路搗巢徑道, 想道: '各路進剿, 須用大兵。且清撫東川鐵嶺, 久已陷賊, 我兵亦難深入, 止有鎭江一路最近, 我可進兵, 其餘寬靉, 亦可入路。但四衛[20]尚多二心, 我兵豈可深入? 只今已八月秋高, 奴酋必思窺關, 不若且遣一軍前往, 探哨進兵路徑[21], 乘隙撓亂[22]奴酋, 使他內顧, 不敢妄動, 也是要着[23].' 因此一

---

15 砌石(체석): 壇의 사방 바깥에 쌓은 직사각형으로 다듬은 돌.
16 東州堡(동주보): 중국 遼寧省 撫順 남쪽에 세운 보.
17 撫順(무순): 중국 遼寧省 중부에 있는 탄광 도시.
18 鐵嶺(철령): 중국 遼寧省 瀋陽의 북동쪽에 있는 지명.
19 平川(평천): 도로가 평탄한 것.
20 四衛(사위): 海州衛, 蓋州衛, 復州衛, 金州衛를 가리킴.
21 路徑(노경): 방법. 수단.
22 撓亂(요란): 교란시킴. 어지럽힘.
23 要着(요착): 중요한 수단. 중요한 계책.

面牌行陳大韶等, 在三山[24]各島簡練士卒, 聲言要領兵收復四衛, 以分他兵勢, 然後令一將規取鎭江等處, 做搗巢張本[25]。 只見帳下[26]一個守備陳忠願往, 毛將軍見了大喜, 道: “我此行原止要撓亂奴酋, 使他不敢西犯。不用大兵, 你止可領軍一千, 自旋城[27]海口登岸, 相勢而進, 攻打他戍守[28]屯堡。若聽得他四山發梆[29], 奴酋必統大軍來救, 你便撤兵回島, 使他人馬奔馳疲敝, 這就是功了。路上遇有韃賊, 戰時不得貪割首級, 不行追殺, 以誤軍機。更不得混殺遼人做功, 我這裏自有辨驗。這是韃奴剃頭辮髮, 自少已然, 遼民雖暫剃頭似韃子, 若在水中浸半日, 網巾痕自見, 故不可混。至于男女死水中, 更有仰覆之別.”

陳忠聽了將令[30], 率領了一千精兵, 駕了五十隻唬船[31], 三箇炮, 出了水關, 直向旋城進發[32]。

帆影逐飛鴉, 輕撓破浪花。
樓船[33]行出將, 貫斗[34]試浮槎[35]。

---

24 三山(삼산): 三山島. 海路로 북경에 가는 도중에 있는 섬. 亭子山과 平島의 사이에 있다.
25 張本(장본): 모범. 본보기.
26 帳下(장하): 군대에 딸린 관리.
27 旋城(선성): 旋城山. 遼寧省 英那河 유역에 있는 산.
28 戍守(수수): 변방에 수자리 살며 지키는 것.
29 發梆(발방): 변고를 알리기 위해 치는 목탁.
30 將令(장령): 軍令.
31 唬船(호선): 명나라 전함.
32 進發(진발): 출발함.
33 樓船(누선): 望樓가 있는 배. 전투용이나 유희용으로 사용되었다.
34 貫斗(관두): 북두성 관통함. 宋나라 때의 충신 岳飛의 시에 “당당한 웅기가 두성 우성을 관통하노니, 맹세코 충절로써 임금의 원수 갚으리라.(雄氣堂堂貫斗牛, 誓將眞節報君讐.)”는 구절이 있다.
35 浮槎(부사): 使命을 받들고 바다를 항해한다는 뜻. 晉나라 張華의 《博物志》에 “天河와 바다가 서로 통하는 곳이 있다. 해마다 8월이면 어김없이 浮槎가 왕래하는데, 어떤 이가 그 배를 타고 떠나 견우와 직녀를 만났다.”는 내용이 있다. 이는 《荊楚歲時記》에서 漢나라 武帝 때 張騫의 고사를 인용한 것이라고 하였다.

徑由了鹿島, 趁着潮勢, 到了旋城。陳守備叫停了船, 分了數十兵士守船, 以防風濤泊去, 自己領了三百名, 分兩個千總, 也各統了三百名, 做三路進發, 約定只聽炮聲, 便一齊合擊。此時遼陽失陷已是年餘, 何曾有一箇官兵到來, 所以奴酋並無兵馬在沿海, 就是遼民降的, 都隨住在大城之中, 不降的都已入島, 一路雖有些草舍, 也都沒箇人, 眞入了無人之境。行了日餘, 恰是櫻桃渦, 是一箇堡子, 有一箇守堡, 領着韃子五百餘看守。遠遠瞭見沙地中, 有一支人馬行動, 他也只疑心是遼民逃入海, 正要奪他行囊馬疋, 帶了些腰刀弓箭, 竟撲將來。不知這廂陳守備早已知是韃兵, 把火器緊緊見對着他, 點放, 一聲響, 打翻了數十個下馬。兩支兵聞炮, 又已合來。衆韃子都因有盔無甲, 不堪戰, 撥馬就跑。陳守備等縱兵追殺, 趕了二十餘里, 砍了首級二十餘箇。

撲地征塵障碧空, 旌旛動處掣長虹。
輕兵直遏胡南牧[36], 應是三韓第一功。

仍又分開前往。到得湯站[37], 遠遠望着塵起, 知是韃兵來了。陳守備放了一箇炮, 會攏人來, 分付衆兵: "我們離海已遠, 回軍不迭[38]。就退時, 一望沙漠, 並難走脫。止有上前殺賊一策, 非他死, 就是我死了, 各要齊心砍殺." 又分付道: "韃奴怕是火器, 料我孤軍, 火器不多, 必待火器將完衝來。我如今分做三隊, 我領中隊, 先將三眼鎗[39]點放, 誘他放完, 他來時, 你兩隊噴筒[40]鳥嘴[41]齊放, 可以大捷." 籌畫定了, 只見韃子已離不上百步, 陳

36 南牧(남목): 남쪽으로 내려와서 말을 먹여 기른다는 뜻으로, 북방 민족이 중국을 침입하는 것을 말함.

37 湯站(탕참): 중국 遼寧省 鳳凰城의 경계에 있는 역참.

38 不迭(부질): 당황하거나 미치지 못함을 나타내는 말.

39 三眼鎗(삼안창): 三眼槍. 三發銃.

40 噴筒(분통): 대통[竹筒] 속에 화약을 넣고 특수한 약품으로 떡처럼 빚어 筒口를 봉한 다음 약선에 불을 붙여 발포시키는 무기.

41 鳥嘴(조취): 鳥嘴銃. 화약을 넣고 납 탄알을 재어 쏘는 명나라의 총.

守備就點放三眼鎗。一陣烟過, 韃兵趕來, 正待對面, 一聲響處, 左右兩隊噴筒鳥嘴齊發, 打得奴兵樹葉似亂落, 陳守備等喊殺上前亂砍。那些韃兵見中傷的多, 南兵又勇, 忙把這些死傷的撓鉤[42]搭了飛走。官兵不捨, 奮力追殺, 又砍死了十餘箇, 并火器打倒的, 都取了首級。又有幾箇恃着强在後面斷後的, 一箇阿撒, 被陳守備趕上[43], 一鎗搠了馬, 馬一掀跌了下來, 被陳守備捉下; 一箇被軍士楊旆, 一鉤鐮搭住[44], 生拖過來, 還有三箇, 都被南兵三四箇攢一箇, 五六箇拿一箇, 也抓住[45]了。共計生擒得阿撒等五名, 斬首五十二級, 韃盔八十六頂, 甲八付, 馬二十五疋, 腰刀四十口, 弓六十張, 箭三百枝。正待追趕, 只聽得四山梆響, 這梆正如我中國烽火。烽火還遲, 這梆聲頃刻傳到, 奴酋便發大兵來救。陳參將[46]聽了, 叫收拾班師[47]。衆軍便將韃賊綑綁扛了, 首級盔甲器械駝在馬上, 一齊望海口回軍。上得船, 岸上已十餘箇標子[48], 韃兵數千趕至, 陳守備把船由深水收向鹿島。這鹿島緊對旋城, 中間有一帶淺沙, 此時潮落沙隱露出。這韃子正抓船不出發惱[49], 見有沙可走, 便打馬趕來。不料這沙又鬆, 馬踹着便要陷下去, 前足纔起, 後足又陷。島邊守島的又已擺出許多弓弩火器, 更有幾箇大膽遼軍, 也涉水趕來, 把火炮亂放, 把前面這幾個騎馬的, 打落沙上。虧得[50]岸上的韃賊忙用鉤搭扯去, 不然, 不是陷死, 便被捉拿? 無可奈何, 只得退去。

這廂陳守備自回軍皮島, 塘報[51]口已報知, 放了三箇炮, 將兵船收入島。

---

42 撓鉤(요구): 갈고리.

43 趕上(간상): 따라잡음.

44 搭住(탑주): 걸쳐놓음.

45 抓住(조주): 사로잡음. 붙잡음.

46 陳參將(진참장): 陳繼盛을 가리킴. 毛文龍의 부하로 부총병을 지냈으며, 모문룡이 죽은 뒤 남은 군사를 거느리고 가도에 주둔해 있다가 1630년 부하였던 劉興治에 의해 죽임을 당했다.

47 班師(반사): 군사를 돌이킴.

48 標子(표자): 드세거나 억센 자.

49 發惱(발뇌): 속을 썩임. 고민함.

50 虧得(휴득): 다행히.

陳參將率領將士獻了功, 毛將軍卽行賞了花紅[52], 鼓吹迎出轅門[53], 一面造冊具題[54]。這便是櫻桃渦·湯站大捷, 是初得皮島時第一功。

全憑將士無[55]生氣, 手殪樓蘭[56]報國恩。

八路抵巢, 實有所據, 非紙上空言。但自壞長城, 不無塞上無人斬郅支[57]之恨, 況又至于南牧[58]乎! 殆欲食肉而寢皮[59]矣。

八路極詳且核, 東江豈一日忘奴, 故至今日縱搗之, 亦不能牽虜, 誠紙上空言了。

---

51 塘報(당보): 높은 곳에 올라 적의 동태를 살펴 아군에게 기로써 알리는 일을 이르던 말. 기를 조작하던 사람을 塘報手라고 한다.

52 花紅(화홍): 축하 금품.

53 轅門(원문): 軍門의 바깥문을 가리킴.

54 具題(구제): 題本을 갖춤.

55 無(무): 有의 오기인 듯.

56 樓蘭(누란): 서역 지방에 있는 나라 이름. 漢나라 昭帝 때 누란의 왕이 한나라에 복종하지 않고 大宛國으로 가는 한나라의 사신을 자주 죽였는데, 傅介子가 사신으로 가서 누란의 왕을 죽여 奇功을 세웠다.

57 郅支(질지): 匈奴의 單于. 漢나라 元帝 때에 그가 漢나라를 배반했다가 西域副校尉 張湯에게 攻殺당한 적이 있다.

58 南牧(남목): 북방 민족이 중국에 침입하는 것을 일컫는 말. 漢나라 武帝가 흉노를 쳐서 물리치니, 흉노가 남으로 내려와 말을 먹이지 못하였다고 한 데서 나온 말이다.

59 食肉而寢皮(식육이침피): 그 고기를 베어 먹고 그 가죽을 벗겨 깔고 잠. 원한이 골수에 사무침을 비유적으로 이르는 말이기도 하다.

第十八回 大孝克伸母節 孤忠上格天心

泉飛疎勒[1]甘如冽，堅冰又結滹沱水[2]。忱可格神明，鑒天心，暗中相庇。的的[3]傳青史。忠貞眞與前賢比，鴟夷[4]何惜沉波底。急浪脫重圍，趁洪濤，飄然逝矣。今古堪同美。右調《落燈風》

一點精忱，金石可開[5]。故古來忠孝節義，沒箇泯泯[6]不伸，沒箇感格不動的。若是一箇節婦，果然飮冰[7]含苦，守夫成子，一段堅貞之操，豈不能

---

1 疎勒(소륵): 疏勒. 외로운 산성을 가리키는 말. 新疆省에 있는 漢나라 때 36國의 하나. 後漢의 耿恭이 單弱한 병사로 疏勒城을 고수하면서 흉노의 수만 군사를 상대로 온갖 고초를 겪는 가운데 수 년 동안이나 절의를 지키며 끝내 사명을 완수한 고사가 있다. 곧 耿恭이 소륵성 곁에 시냇물이 있음으로 인해 병사를 거느리고 성중에 주둔하였는데, 흉노가 공격하면서 성 밖의 시냇물을 끊어 버렸다. 경공이 성안에 15丈 깊이의 우물을 팠으나 물이 나오지 않아 吏卒이 목이 말라 말똥을 짜서 마실 지경이었다. 이에 경공이 의관을 정제하고 우물을 향해 두 번 절한 다음 이졸을 위하여 기도하자, 한참 후에 우물에서 물이 솟아나왔다고 한다.

2 滹沱水(호타수): 滹沱河의 강물. 호타하는 중국 山東省에서 발원하여 河北省에 흘러드는데, 滏阳河와 합류한 후에는 牙河로 불린다.

3 的的(적적): 참으로. 실로.

4 鴟夷(치이): 춘추시대 越王 句踐의 謀臣이었던 范蠡의 별칭 鴟夷子皮의 준말. 범려가 일찍이 월왕을 보좌하여 吳나라를 쳐서 멸망시키고 나서는 월나라를 떠나 五湖에 배를 띄우고 돌아다니다가 齊나라에 들어가서 鴟夷子皮로 성명을 바꾼 고사가 있다. 그래서 자신이 뜻한 공을 이루고 나서 江湖에 몸을 숨기고 유유자적하는 사람을 비유하는 말로 쓰이기도 한다.

5 金石可開(금석가개): 金石爲開의 변형. 쇠나 돌을 뚫음. 강한 의지로 정성을 다하면 어떤 일이든지 다 해낼 수 있다는 것을 가리키는 말이다.

6 泯泯(민민): 어지러운 모양. 《書經》〈呂刑篇〉의 "백성들도 일어 서로 물들어 어수선하고 어지러웠고 마음에 믿음이 없어서 약속과 맹세를 뒤엎었으며 사나운 위세에 죽음을 당한 여러 사람들이 비로소 하늘에 죄 없음을 아뢰었다.(民興胥漸, 泯泯棼棼, 罔中于信, 以覆詛盟, 虐威庶戮, 方告無辜于上.)"에서 나오는 말이다.

7 飮冰(음빙): 얼음을 먹음. 飮冰茹蘗에서 나온 말로, 얼음을 먹고 황벽나무 껍질을 먹

動聖主? 一箇孝親的, 能矢心爲國, 建立功勳, 豈不能顯親揚名[8]? 至于忠臣捐軀[9]報主, 那怕[10]履險蹈危, 不知冥冥之中, 天每常祐之。如我朝廣德知縣王叔英[11], 爲民祈雨, 積柴自焚, 火發雨至。曹國公李文忠[12], 征胡乏水, 向天呼祝, 馬蹄所跑[13], 甘泉隨。出見之史冊, 豈是虛言? 却不意有一時類聚的。毛將軍因陳忠報捷, 已經具題。因是閑中念及: '我這立功異域之身, 從何得來, 父親早喪, 若非母親苦守, 如何成立[14]。今母親已歿, 生不能養, 死又不能發揚母親的貞節, 亦無以伸人子之情.' 具呈經略王司馬[15], 大略:

을 정도로 살림살이가 궁색함을 일컫는데, 주로 부녀자가 苦節을 지키는 것을 비유한다.

8 顯親揚名(현친양명): 명성을 떨쳐 가문에 영광을 가져다줌을 이르는 말.

9 捐軀(연구): 의를 위하여 목숨이나 몸을 버림.

10 那怕(나파): 哪怕. 설령 ~하더라도.

11 王叔英(왕숙영): 명나라 충신. 叔英은 王原采(?~1402)의 字이다. 建文이 즉위해서 불러 翰林修撰으로 삼으니 資治八策을 올렸다. 燕王이 군사를 일으키자 건문의 명을 받들어 廣德에서 병사를 모집했으나 사태가 돌이킬 수 없음을 알고는 絕命詞를 짓고 자결했다. 그가 漢陽縣을 다스릴 적에 은혜로운 정사를 하였는데, 한번은 가뭄이 들어 경건히 기도하였으나 별 효과가 없자 탄식하기를, "백성은 장차 먹을 것이 없게 될 것이니 백성의 부모가 된 내가 감히 혼자만 배불리 먹을 수 있겠는가." 하고 드디어 음식을 끊고 하늘의 변화를 바라니, 사흘이 되지 않아 큰비가 내렸다. 또 비가 멎지 않자 다시 비를 빌 때와 같이 祈晴祭를 지내니 드디어 비가 개었다고 한다.

12 李文忠(이문충): 명나라 개국 명장. 자는 思本, 아이 때 이름은 保兒. 명나라 태조 朱元璋의 생질이다. 12세에 모친 曹國長公主가 별세하고, 부친 李貞帶도 전란 중 사망했다. 그 후에 滁州에 있던 외숙 주원장을 만났는데 주원장이 이문충을 보고 매우 기뻐하며 자신의 養子로 삼았다. 19세에 친히 군사들을 이끌고, 池州를 지원 나갔다가 天完軍을 물리치는데 큰 공을 세웠다. 그 공로로 榮祿大夫 浙江行省平章事가 되었다. 명나라가 건립된 후에도 여러 차례 원정을 나가서 원나라 잔여 세력을 제거하는 데 앞장서서 曹國公에 봉해지고, 大都督府(최고의 군사기구)를 주재하고, 國子監을 주관하게 하였다. 1372년 가을에 傅友德 등이 蜀을 평정하는데 돕다가 귀환하여 桑哥兒麻에 이르러 식수가 부족하고 갈증이 더욱 심하니, 하늘에 기도하였다. 타고 있던 말이 땅을 발굽으로 파니, 샘이 솟아나와 삼군이 모두 이를 마실 수 있었고, 이에 희생을 죽여 제사지냈다고 한다.

13 跑(포): 동물이 발로 흙을 헤집음.

14 成立(성립): 성장하여 어른이 됨.

15 王司馬(왕사마): 王在晉(?~1643)을 가리킴. 명나라 大臣. 자는 明初, 호는 岵雲. 1592년 진사가 되어 中書舍人으로 벼슬을 시작했다. 그 후에 江西布政使, 山東巡撫, 進督河道

職[16]原係山西[17]平陽[18]人也, 寄居浙江[19]杭州[20]。年九歲, 父監士[21]毛偉弃世。母沈氏, 年二十六歲, 卽守制[22], 家事寥落, 職伶仃孤苦[23], 無以爲生, 幸母舅今順天府尹沈光祚[24], 養育成長。職念母老家貧, 因游邊塞祿仕[25], 以斬俘西虜功, 升萬戶, 旋蒙楊經略[26]加銜[27]都司。母年六十有二

등을 지냈으며, 1620년에 兵部左侍郎이 되었다. 熊廷弼, 王化貞이 후금의 누루하치에게 廣寧을 빼앗긴 후에 조정에서 크게 놀라 웅정필은 죄를 물어 죽이고, 왕화정을 하옥시켰다. 또 張鶴鳴은 병으로 사직하고 고향으로 돌아갔다. 熙宗은 선부 순무 解經邦에게 兵部右侍郎 겸 都察院右僉都御史 經略遼東으로 임명했다. 그러나 해경방은 중대한 직책을 감당할 수 없어서 사직했다. 1622년에 왕재진은 웅정필을 대신하여 兵部尙書 겸 右副都御史 經略遼東薊鎭天津登萊가 되었다. 이때 황제로부터 특별히 蟒玉(보석의 일종)과 衣帶 및 尙方寶劍을 하사받았다. 그 후 南京 병부상서, 남경 이부상서, 형부상서, 大司馬 등을 지냈다. 그러나 만년에 張慶臻이란 자가 황제의 칙서를 고친 일에 연루되어 관직을 빼앗기고 벼슬 명부에서 이름이 삭제된 후, 고향으로 돌아와 얼마 후에 죽었다.

16 職(직): 小職. 小官. 옛날의 공문 용어로, 하급 관리의 상사에 대한 自稱이다.

17 山西(산서): 山西省. 중국 화북 지방의 省. 省都는 太原이다.

18 平陽(평양): 平陽縣. 중국 山西省 남부에 있는 지명.

19 浙江(절강): 중국 남동부의 동중국해 연안에 있는 省.

20 杭州(항주): 浙江省의 省都.

21 監士(감사): 監生. 國子監의 학생. 上舍라고도 한다.

22 守制(수제): 옛날, 자식이 부모상을 당해 만 27개월 동안 근신하며 모든 교제를 끊는 것을 일컫는 말. 선비는 과거 응시를 중지하고, 관리는 그 職을 사임한다. 여기서는 어머니가 죽었다는 말로 쓰였다.

23 伶仃孤苦(영정고고): 孤苦伶仃. 의지할 데 없이 외로움.

24 沈光祚(심광조): 모문룡의 외삼촌. 모문룡을 요동총병 李成梁에게 추천하여 千總이 되었다. 후에 요동순무 王化貞이 모문룡의 武才를 보고 받아들여 遊擊이 되었다. 왕화정이 요동순무로 있던 기간에 명은 요동의 70여 개 성보를 후금에게 서서히 빼앗겨 점령당하고 있었고, 또한 瀋陽과 遼陽도 잇달아 빼앗겨 왕화정은 요서 지방의 廣寧에 머무르며 수비하고 있었다. 왕화정은 요동 한인의 후금에 대한 불만을 이용하여 모문룡을 파견해 요동에서 유민을 모으게 했으며 후금에 반항하는 조직적인 활동을 하고자 하였다.

25 祿仕(녹사): 녹봉을 받기 위하여 벼슬길에 오름.

26 楊經略(양경략): 楊鎬(?~1629)를 가리킴. 명나라 말기의 장군이다. 1597년 정유재란 때 經略朝鮮軍務使가 되어 참전했다. 다음 해 울산에서 벌어진 島山城 전투에서 크게 패해 병사 2만을 잃었다. 이를 승리로 보고했다가 탄로나 거의 죽을 뻔했다가 대신들의 도움으로 목숨을 구하고 파직되었다. 1610년 遼東을 선무하는 일로 재기했지만 곧 사직하고 돌아갔다. 1618년 조정에서 그가 요동 방면의 지리를 잘 안다고 하여 兵部左侍郎 겸 僉都御史로 임명해 요동을 경략하게 했다. 다음 해 四路의 군사들을 이끌고 後金을 공격했지

矣, 抱病在杭, 歷書召職, 私情烏鳥[28], 罔極私衷, 南望涕泣, 腸爲百斷, 陳情院道, 不兪給假[29]。此時職亦念忠孝不能兩全, 國家正當多事, 不卽南歸, 而母因念子, 展轉牀席, 已成終天之恨[30]矣。雖比皐魚之痛[31], 竟同吳越之仇[32], 此職所以呼天望雲, 而每不禁涕淚也。然在遼建言[33]上院, 亦未蒙下擇芻蕘[34], 遂致遼·廣連陷。職每念臣子當以身許國, 故沙場掩骨, 爲將之榮。但慮一旦裹革[35], 則職之爲臣盡忠, 廟堂必爲職顯揚, 而職不及爲母氏陳其苦節, 則爲子盡孝之道, 職實有虧, 而職母冰霜之節操, 是以子不孝, 蔽其善矣。

今當聖明以孝治天下, 以節義風天下, 如職母者, 應在旌節建坊, 以彰風化。而本部院鼓舞將吏[36]之法, 必能達其萬分塡結之心事, 以得其寸心感奮

만 대패하고, 杜松과 馬林, 劉綎 등의 三路가 함락되고, 겨우 李如栢의 군대만 남아 귀환했다. 그는 투옥되어 사형 선고를 받고 1629년 처형되었다.

27 加銜(가함): 승급함. 옛날, 관원에게 본래의 관직보다 높은 명예 직위를 따로 주어 그 품격을 높였다.

28 私情烏鳥(사정오오): 烏鳥私情. 李密의 〈陳情表〉에서 "까마귀가 어미 새의 은혜에 보답하려는 마음으로 조모가 돌아가시는 날까지만이라도 봉양할 수 있도록 은혜를 베풀어 주시옵소서.(烏鳥私情, 願乞終養.)"에서 나오는 말. 까마귀가 자라면 늙은 어미에게 먹이를 물어다 먹이듯 부모님을 모시는 효성을 이르는 말이다.

29 給假(급가): 휴가를 줌.

30 終天之恨(종천지한): 이 세상에서 더할 수 없이 큰 원한.

31 皐魚之痛(고어지통): 어버이 생전에 모시지 못하고 사후에 슬퍼하는 마음을 일컫는 말. 춘추시대 孔子가 길을 가는데 皐魚란 사람이 나무를 안은 채 슬피 울고 있기에 까닭을 물었더니, "나무는 고요하고자 하여도 바람이 그치지 않고, 자식이 봉양하고 싶어도 어버이는 기다려 주지 않는다." 하고는 서서 울다가 말라 죽었다는 고사가 있다.

32 吳越之仇(오월지구): 吳越仇讐. 吳나라 夫差에게 패한 越나라 句踐이 복수의 일념으로 "몸은 편안한 베개나 자리를 찾지 않고, 입은 맛있는 음식을 먹지 않고, 눈은 아름다운 것을 보지 않고, 귀는 음악을 듣지 않았다.(身不安枕席, 口不甘厚味, 目不視靡慢, 耳不聽鍾鼓.)"고 함.

33 建言(건언): 관청이나 윗사람에게 의견을 말함.

34 芻蕘(추요): 자신을 낮추어 일컫는 말. 초야에 묻힌 비천한 사람이라는 뜻이다.

35 裹革(척혁): 裹革의 오기. 裹革은 말가죽에 싼 시체란 뜻인 裹革之屍의 준말. 後漢의 伏波將軍 馬援이 "사나이는 마땅히 전쟁터에서 죽어 말가죽에 시체를 싸 가지고 돌아와 땅에 묻혀야 한다.(男兒要當死于邊野, 以馬革裹尸還葬耳.)"라고 한 데서 유래한 것이다.

之死力。職非眞駿, 亦怒蛙[37]也, 願居鼓舞之中, 敢求心事之達。且職有戰無援, 自分一死報國, 職死而誰爲職母鳴節乎? 卽職弱弟毛季龍肄業[38]錢塘[39]庠學[40], 亦安得如職存日? 有本院鼓舞將吏, 憐職之海外孤危, 爲職題請旌節乎! 庶職生彌奮銜結[41]之心, 誓當與賊不共戴天, 卽或從事疆圉, 而忠孝無虧, 得含笑見母氏于地下矣。伏乞照詳, 請建坊旌節施行。

隨經經略王司馬奏聞道: "看得毛文龍之母沈氏, 青年守節, 臣宦浙多年, 業聞其槪。文龍剔歷[42]邊疆, 伊母依閭[43]屢盻。天涯遊子, 念華髮之垂堂[44]; 海外孤臣, 感白雲[45]之在牖。幽貞[46]成其素志, 咸彰伊母之賢; 淑德[47]

36 將吏(장리): 文武官吏를 말함. 또는 軍官을 말하기도 한다.

37 怒蛙(노와): 성난 개구리. 《韓非子》〈內儲說〉에 "월왕 구천이 성낸 개구리를 보고 경의를 표하자, 말을 모는 자가 '왜 경의를 표하십니까?'라고 하자, 월왕이 말하기를 '개구리의 용기가 이러하니, 경의를 표하지 않을 수 있겠느냐?'라고 하였는데, 어떤 선비는 이 말을 듣고 말하기를 '개구리에게 용기가 있는 것에 대해서도 왕이 그를 위해 경의를 표했는데, 더구나 선비로서 용맹이 있는 사람에게야 말할 나위가 있겠는가.'라고 했다.(越王句踐見怒蛙而式之, 御者曰: '何爲式?' 王曰: '蛙有氣如此, 可無爲式乎?' 士人聞之曰: '蛙有氣, 王猶爲式, 況士人有勇者乎?)"고 한 데서 나온 말이다.

38 肄業(이업): 학업을 익힘.

39 錢塘(전당): 중국 浙江省 杭州 지역에 있는 縣이름.

40 庠學(상학): 지방의 학교.

41 銜結(함결): 銜은 銜環이니 즉 고리 모양의 옥을 입에 머금은 것이고, 結은 結草이니 즉 풀을 맺는 것으로써, 모두 은혜를 갚는 일을 일컫는 말. 後漢 때 楊寶가 9세 때 華陰山 북쪽에 이르러 누런 참새가 올빼미에게 공격을 당하여 나무 밑에 떨어진 것을 발견하고 이것을 거두어 집으로 돌아와 상자 속에 넣어 두고 누런 꽃을 먹였는데, 100여 일 만에 깃털이 이루어져서 날아갔다. 그날 밤에 누런 옷을 입은 童子가 와서 양보를 향하여 두 번 절하고 말하기를 "나는 西王母의 使者인데, 당신께서 사랑하여 이 몸을 건져 주시니 매우 감사합니다." 하고 흰 고리[環] 네 개를 주면서 또 말하기를 "당신의 자손으로 하여금 潔白하여서 벼슬이 재상 지위에 오르기를 마땅히 이 옥과 같게 할 것입니다." 하였는데, 과연 그 말처럼 되었다고 한다. 結草는, 춘추시대 晉나라의 大夫 魏武子가 죽은 뒤에, 그 아들 顆가 그 庶母를 殉死시키지 않고 改嫁하게 하였는데, 그 뒤 위과가 전쟁에 나가 싸울 때에 그 서모의 아버지의 혼이 적장의 앞길에 풀을 잡아매어 적장을 넘어뜨려서 위과에게 붙잡히게 되었다고 한 고사에서 나왔다.

42 剔歷(척력): 敭歷의 오기인 듯. 두루 거침.

43 依閭(의려): 倚門. 문에 기대어 기다리는 어머니의 정을 일컫는 말.

本自名門, 玉成[48]厥嗣乎武。文龍爲國忘家, 爲君忘親, 當體必至之情, 而朝廷敎臣以忠, 敎子以孝, 須爲錫類[49]之典, 卽其立功名于異域, 亦宜標懿哲[50]於所生, 旌表[51]之恩, 似應覃及."

具題[52], 准旌表建坊。至此, 眞是子無母無以宣威海甸[53], 母無子無以闡發幽光, 可云生死兩無餘恨了。

四十餘年稱未忘, 捋茶贏得鬢成蒼。
羽成溟海飛三鳳, 翮殺深閨泣獨凰。
此島夢迷驚剩枕, 武林[54]雲斷濕征裳。
丹書[55]特爲光泉壤[56], 絶塞工陵[57]氣更揚。

---

44 垂堂(수당): 위험한 곳을 일컫는 말. 《漢書》〈爰盎傳〉에 "千金의 자식은 마루 바깥쪽에 앉지[垂堂] 않고, 百金의 자식은 난간에 걸터앉지[騎衡] 않는 법이다."라고 하였다.

45 白雲(백운): 고향의 어버이를 생각하며 그리워하는 표현. 南朝 齊나라 시인 謝朓의 〈拜中軍記室辭隨王箋〉 시에 "흰 구름은 하늘에 떠 있건만, 용문 땅은 보이지 않네.(白雲在天, 龍門不見.)"라는 구절과, 唐나라 狄仁傑이 太行山에 올라 白雲이 외롭게 흘러가는 것을 바라보고는 "우리 어버이가 이 구름 아래에 계신다."고 한 구절에서 나오는 말이다.

46 幽貞(유정): 고결하고 굳센 節操를 지키는 것을 일컫는 말. 《周易》〈履卦·九二〉에 "밟고 가는 길이 넓고 평탄하니, 오직 마음이 고요하고 편안한 사람만이 곧고 길하리라.(履道坦坦, 幽人貞吉.)"고 한 말이 나온다.

47 淑德(숙덕): 여자의 정숙하고 단아한 미덕.

48 玉成(옥성): 인격이 바람직하게 성취되는 것을 일컫는 말. 宋나라 張載의 〈西銘〉에 "빈궁과 걱정 속에 처하게 함은, 그대를 옥으로 이루어 주려 함이로다.(貧賤憂戚, 庸玉汝於成也.)"라는 말이 있다.

49 錫類(석류): 효자는 효자를 낳는 등 계속 좋은 일을 내려줌. 《詩經》〈大雅·旣醉〉의 "효자의 효도 다함이 없는지라, 영원히 복을 받으리로다.(孝子不匱, 永錫爾類.)"라는 말에서 나온 것이다.

50 懿哲(의철): 현명한 사람.

51 旌表(정표): 옛날, 정문(旌門)을 세우거나 편액을 달아 선행·미덕이 있는 사람을 표창하는 것.

52 具題(구제): 황제에게 아뢰는 서류의 일종. 사유를 갖추어 제본을 만들어 아룀.

53 海甸(해전): 海東의 나라. 바닷가에 있는 나라.

54 武林(무림): 杭州의 별칭.

55 丹書(단서): 왕의 詔書.

毛將軍感國厚恩, 急圖自效, 招撫遼民, 設防搗巢, 不遺餘力。因流民衆多, 不能容納, 又在皮島東南闢出一箇雲從島[58]。又在皮島相對, 一座鐵山[59], 看他山勢險峻, 水泉不絶, 可以屯駐。因係陸路, 奴酋可以渡鴨綠入犯, 特設重關, 關外挑濠築墻, 裡邊通商設市。又在奴酋可以入犯之外, 龍川堡·彌串堡·趨林畔·車輦, 至義州一百八十里, 都發兵[60]與高麗協守。就是高麗與奴酋交界[61], 沿江一帶, 水口城[62]·甘州·渥江·青石·狐嶺·朔州[63]·昌城[64]·昌州[65]·畢潭·別東[66]·黑狐裡·小狐里·關平·矮鬼·麗山·臥龍突·滿浦[67]·乾階各地方, 逆奴都可侵犯, 內昌城過江, 是奴酋雲頭裡[68], 亮馬佃[69]地方, 滿浦渡烏龍江[70], 都可通奴酋老寨, 也是我兵搗巢之路, 都發兵協守。鴨綠入海之處, 又有一塊地, 名于家庄[71], 與鎭江相近, 並

---

56 泉壤(천양): 저승. 구천.

57 王陵(왕릉): 前漢의 재상. 呂后가 呂氏들을 왕으로 임명하려고 하자, 그가 右丞相의 신분으로 "高帝가 '유씨가 아닌데 왕이 될 경우에는 천하가 다 함께 공격하라.(非劉氏而王, 天下共擊之.)' 하였다."라면서 강력히 반대하였는데, 통치자의 앞에서 의리에 입각하여 적극적으로 直諫을 하며 爭執한다는 뜻의 '面折廷爭'의 고사로 유명한 인물이다. 그래서 程頤는 "인신의 의리는 왕릉을 표준으로 삼아야 한다.(人臣之義, 當以王陵爲正.)"고 하였다. 項王이 왕릉의 어머니를 데려다 놓고 왕릉을 부르자, 왕릉의 어머니는 그 아들이 자기 때문에 漢을 배반하고 楚에 가담하는 것을 차마 볼 수 없어서 달가운 마음으로 자살을 감행하기까지 하였다.

58 雲從島(운종도): 평안북도 宣川郡 남면에 속하는 섬. 이 섬 중앙에 雲從山이 있다.

59 鐵山(철산): 평안북도 鐵山郡 군청 소재지.

60 發兵(발병): 군사를 동원하여 보냄.

61 交界(교계): 경계선이 맞닿음. 인접함.

62 水口城(수구성): 평안북도 의주군 대화리에 있는 옛 성터.

63 朔州(삭주): 평안북도 삭주군의 군청 소재지.

64 昌城(창성): 평안북도 창성군의 군청 소재지.

65 昌州(창주): 평안북도 벽동군 송련리의 북서쪽 큰삿갓봉 기슭에 있는 마을. 옛 창주성이 있었다.

66 別東(별동): 함경남도 三水郡에 있는 지명.

67 滿浦(만포): 조선시대 평안도 江界都護府에 있던 압록강 가의 마을 이름.

68 雲頭裡(운두리): 雲頭里의 오기인 듯.

69 亮馬佃(양마전): 遼寧省 寬甸縣의 동부 지역으로, 지금의 太平哨.

70 烏龍江(오룡강): 黑龍江. 回波에서 忽溫城 밖을 지나 北海로 들어가는 강.

無山林, 都是平衍之地, 盡行開墾, 以逼鎭江。經略並無寧日。

一日, 已是十二月隆冬, 忽然撥夜丁武探報, 奴酋整點兵馬, 待要乘凍渡三岔[72](河)犯關。毛將軍聽了, 卽差參將易承惠[73]往昌城, 遊擊王甫往于家庄, 遊擊王承鸞往水口城, 自己駕船七十二隻, 前往鎭江·湯站。各船出了水關, 向北進發。

此時隆冬, 西風陡發, 海濶風高:

一會裡揚砂拔木, 半刻間鼓浪掀波。蓬蓬勃勃, 聽不出戰鼓之聲; 忽忽飄飄, 撓亂却旌旗之影。猫[74]無功, 柁無力, 把不住萬斛之舟; 檣欲折, 桅欲欹, 枉用盡千鈞之力。一似遊揚柳絮滿空飛, 飄泊桃花隨處落。

後離了皮島, 前又巴不着獐子等各島, 近了晩, 風越大, 可憐七十餘隻船, 打得星飛雨散, 也有折桅翻的, 也有斷柁覆的, 也有觸礁沉的, 也有撞冰碎的, 也有打到各島的, 撞入登萊天津地方的, 飄到朝鮮, 遠至日本的。毛將軍船也泛泛[75]似孤萍一般, 沒處栖泊, 身邊並無一隻船來救援。漂泊了一晝夜, 滿船驚恐, 怕打近虜地, 孤軍被他掩襲, 早一潮拍在一箇淺洋處所, 進又進不得, 退又退不得, 要差人去取救, 又無別船。正是驚憂之際, 大風又打上許多大冰凌來, 把船又割損, 水向船內直滾, 雖是水手[76]勉强把灰蔴[77]抵塞, 如何出得大洋! 毛將軍見了, 叫取香來, 向天祝道: "若使天不祚我大明, 使恢復遼左[78], 或文龍非眞心爲國, 就喪黿鼉腹中; 若我大明當興, 文龍當終爲國家出力, 幸天神保祐, 脫我危險." 祝罷, 只見異香滿

71 于家庄(우가장): 河北省 保定市 滿城縣에 있는 역참.
72 三岔(삼차): 三岔河. 吉林省 북서단에 있는 강.
73 易承惠(이승혜): 명나라 말기 都督 毛文龍 휘하의 參將.
74 猫(묘): 錨의 오기.
75 泛泛(범범): 표류하는 모양.
76 水手(수수): 선원.
77 灰蔴(회마): 灰麻. 엷은 회색의 화강암.
78 遼左(요좌): 중국의 요동.

空, 隱隱雲中似有人形, 此時潮已過了, 忽然又蹴起潮來。

動地起洪濤, 舟輕似一毛。
西江誰掬挽, 涸轍[79]免呼號。

趁着水勢, 把柁向南直指。一湧而去, 微茫之中, 早見一島嶼, 合船歡呼, 却正是皮島。又潮落不能抵岸, 船又復漏了, 部下軍士楊二忙解衣背毛將軍上崖, 衆人都涉水後隨。島中又撥船出接, 時向來船已是沉了。

毛將軍到府, 各將都來候問, 毛將軍但以風阻, 不得入賊巢爲恨。喜得不上兩三日, 各路回報: 昌城一路, 斬首十二級; 于家庄一路, 斬首二十一級; 水口城一路, 斬首十七級, 俱奪有馬匹器械。時奴酋與八王子[80]正在河東整點兵馬, 聞各寨傳梆報警, 盡奔回老寨。各路兵少, 不便搗巢, 都已渡江回守, 特來報功。毛將軍道: "奴酋若奔老寨, 則關上可以無虞了." 各各賞了。思念自己臨危不死, 雖曰天子之靈, 也是諸神之力, 上疏道波臣效順事, 請建天妃廟于廟島, 娘娘廟于鼉磯島, 龍王廟王[81]皇城島, 山神廟于皮島, 都動支[82]自欽給銀兩, 廟貌一新。使不是毛將軍精忱足以感明神, 宋朝張世傑[83], 何嘗不呼天禱祝, 而卒不免, 舟覆葬于海中, 使宋祚竟滅。

---

79 涸轍(학철): 涸轍鮒魚. 수레바퀴 자국에 괸 물에 갇힌 붕어. 그 괸 물이 언제 마를지 모르기 때문에 목숨이 경각에 붙어 있음을 나타내는 말이다.

80 八王子(팔왕자): 누르하치의 8남 皇太極(Hong Taiji, 1592~1643).

81 王(왕): 于의 오기.

82 動支(동지): 돈을 지출함.

83 張世傑(장세걸): 남송 말기의 武將. 원나라 군대가 쳐들어오자 병사를 이끌고 臨安에 들어가 지켰고, 劉師勇 등과 함께 焦山에서 항전했지만 패했다. 임안이 위급해졌을 때 文天祥과 함께 결사 항전을 벌이려고 했지만 승상 陳宜中에 의해 저지당했다. 임안이 함락되자 해안으로 나가 끝까지 항전했다. 二王을 따라 福州로 들어가 陸秀夫 등과 함께 趙昰를 황제로 삼고, 다시 육수부 등과 함께 硇洲에서 조하를 옹립했다. 少傅와 樞密副使를 지내고, 越國公에 봉해졌다. 원나라 군대가 崖山을 공격하자 1279년 원나라 장수 張弘范과 해상에서 전투를 벌이다가 배가 뒤집혀 익사했다.

一門大節, 俱足上達聖明, 感天地, 眞亦武林盛事也。
非三潮而毛鎭又免矣, 猶不忘牽制, 是不以險阻退心。

第十九回 張盤恢復金州 杜貴大戰滿浦

毛土恩波不可忘，肯教俛首事豺狼[1]？
雲霓[2]念切濡窮海，日月恩深照大荒[3]。
緩死再遵周正朔，偷生重睹漢冠裳[4]。
壺漿[5]莫惜迎軍旅，潦倒[6]襟懷喜欲狂。

用兵進取，恢復易，拓土[7]難。拓土，但見兵威，未見恩德，人多疑懼之心；恢復，久沾恩意，正極追思，自有樂附之想，大兵一到，自然歸服。此二百人所以取鎮江也。河東之地，金州去遼東最遠，離海極近，外通旅順，內接復耀蓋海，南有旅順口，東有菱角灣・小平島・龍王堂，西有雙島・麻羊島・豬島・南汎口・北汎口，都可進兵，也是箇危而難守之地。奴酋封劉愛塔[8]叫劉興祚，做總兵鎮守，他見各島兵，環海居住，恐一時失于隄防[9]，

---

1 豺狼(시랑): 승냥이와 이리. 남을 해쳐서 자기를 살찌우는 자를 일컫는다. 또는 오랑캐를 일컫기도 한다. 《春秋左氏傳》 閔公 원년에 "융적은 승냥이나 늑대와 같은 존재이니 욕심을 끝까지 채워 줄 수가 없고, 중국의 제후들은 친근하게 대해야 할 대상이니 포기하면 안 된다.(戎狄豺狼, 不可厭也, 諸夏親暱, 不可弃也.)"라는 말이 나온다.

2 雲霓(운예): 가뭄에 구름이나 무지개를 바라보는 심정을 말함. 《孟子》 〈梁惠王章句下〉에 "백성들이 (탕왕이 오기를) 고대하기를 큰 가뭄에 운예를 고대하듯 하였다.(民望之, 若大旱之望雲霓也.)" 한 데서 나온 말이다.

3 大荒(대황): 국경 밖 他國의 황량한 땅을 가리킴.

4 漢冠裳(한관상): 禮服을 갖추어 입은 명나라 벼슬아치를 뜻함.

5 壺漿(호장): 簞食壺漿. 도시락에 담긴 밥과 항아리에 담긴 술이라는 뜻. 백성들이 군대를 환영하기 위해 차려놓은 음식을 이르는 말이다.

6 潦倒(요도): 초라하게 됨.

7 拓土(척토): 拓地. 영토의 경계를 넓힘.

8 劉愛塔(유애탑, Aitai): 요동 한족 출신. 조선의 기록에는 劉海로 되어 있다. 1605년 후금의 포로가 된 후 영특한 재주로 누르하치의 총애를 받아 다이샨(Daišan, 代善) 휘하 문관으로 활약하였다. 후금이 요동을 점령한 이후 1622년 金州, 復州, 海州, 蓋州 4주를

便遭掩襲, 似佟賊[10]一般, 又見奴酋親信[11]如李永芳[12], 屢次幾遭殺害, 夷性不常, 思得歸國, 二月間曾有稟帖與毛將軍, 併登州巡撫道:

> 興祚死罪死罪, 叩首大將軍麾下: 興祚背華從夷, 原非本心, 原欲乘机(機)自效, 以贖罪戾, 但台臺[13]見疑, 是出死地而仍入死地也。今因奴酋委管金復蓋三州, 期于六月, 擧州內附, 乞賜免死牌票[14], 仍得發兵接應[15], 實爲恩便。上稟。

毛將軍賞了他來人金應魁, 給與(予)免死牌票, 叫他愼重, 不可漏泄。隨着張盤領兵五百, 屯在麻羊島, 以備接應。

유애탑에게 맡기고 총관에 임명할 정도로 신임이 두터웠다. 유애탑은 정묘호란 당시 조선과의 맹약에 관여하였으며 조선을 위해 여러 모로 조언도 하였다. 조선의 기록에는 교활하고 재물을 탐하는 자로 되어 있다. 그러나 유애탑은 실상 거짓으로 후금을 따르고 있었고 조선에도 비밀리에 자신이 오랑캐의 휘하에 있으나 마음은 언제나 조국인 명나라에 있다고도 알려왔다. 1628년 유애탑은 이름을 劉興祚로 고치고 3형제와 함께 후금을 탈출하여 椵島로 가서 毛文龍 휘하에 배속된다. 유애탑의 배신에 후금인들은 매우 큰 충격을 받았다고 전해진다. 유애탑은 1630년 후금과의 전투에서 전사한다. 유애탑의 동생은 劉興治, 劉興梁 등이다.

9 隄防(제방): 방비. 방어. 국가의 기강.

10 佟賊(동적): 佟養眞을 가리키는 듯. 佟養正으로도 표기됨. 여진의 후손으로 임진왜란 당시 副總兵으로 참전했으며, 후일 佟養性 형제와 어울리는 등 後金에 투항했다가 1621년 鎭江을 기습한 毛文龍에게 아들 佟豐年과 함께 처형당했다.

11 親信(친신): 심복. 측근자.

12 李永芳(이영방, ?~1634): 누르하치의 무순 공격 당시 투항한 명나라의 장수. 1618년 누르하치가 무순을 공격하자 곧장 후금에 투항하던 당시 명나라 유격이었는데, 누르하치는 투항에 대한 보답으로 그를 三等副將으로 삼고 일곱째아들인 아바타이(阿巴泰, abatai)의 딸과 혼인하게 하였다. 이후 그는 淸河·鐵嶺·遼陽·瀋陽 등지를 함락시킬 때 함께 종군하여 그 공으로 三等總兵官에 제수되었다. 1627년에는 아민(阿敏, amin)이 지휘하는 후금군이 조선을 공격한 정묘호란에도 종군하였는데, 전략 수립 과정에서 아민과 마찰을 빚어 '오랑캐(蠻奴)'라는 모욕을 당하기도 하였다. 그럼에도 불구하고 그는 佟養性과 함께 투항한 漢人에 대한 누르하치의 우대를 상징하는 인물로 자주 언급되었다.

13 台臺(태대): 고관 일반에 대한 존칭.

14 牌票(패표): 옛날, 상급기관에서 하급기관으로 보내는 공문의 한 가지.

15 接應(접응): 지원함.

延至六月, 愛塔又差一箇張應科, 來約獻城, 怕奴酋來追, 要船隻接應, 期定二十五日。毛將軍也一面撥船, 潛住各島應用。不料未到二十五日, 只見遼民紛紛[16]逃到海口, 張守備就將船接濟, 問他消息, 却是劉愛塔因本州一個守堡王丙, 做人[17]狡猾貪暴, 不受愛塔節制, 怕他阻撓壞事, 把他罪惡, 寫成稟帖, 稟與奴酋, 要將他拿去, 自己便可舉州歸國。誰知王丙也有揭首劉愛塔, 說私通中國, 率衆獻城, 奴酋知得, 特發兵三萬, 來捉這兩人, 并要將這四衛人盡行驅到遼陽, 不願的, 却要逃入海島。張守備又差撥夜前到各州打聽[18], 果是愛塔被縛, 人民驅逐北行, 城中另用守將, 所留兵不過五六百, 人民亦不過三五百。

張守備想一想道: "我這來原爲接應劉愛塔, 乘机取城。今劉愛塔被拿, 我不能救他, 仔麽回覆毛帥?" 沉吟半日, 道: "四衛驅去者驅去, 逃去者逃去, 各城料也無多。就是新來守將, 情意也不曾洽浹, 無人爲他。不若出他不意, 先奪取金州, 次取復州·蓋州, 不要等他立定脚跟, 那時又勞師動衆。但是劫取一箇城池, 也得兵數千纔好, 部下兵馬不過五百餘, 怕不濟事." 又笑道: "當初隨毛爺, 二百人奪了一箇鎮江, 五百人已多了。且在難民中揀他些丁壯出來, 不能殺賊, 也可以吶喊助興." 一選選了一千七百五十個, 分做三十五隊。又想: '日間去, 他知道[19]我多少, 還是[20]夜間去, 毛爺拿佟養眞, 也是夜間.' 就是七月初二日晚間, 悄悄把船自麻羊島撥到金州岸上, 夜間走, 日間在深森敗堡破屋中, 暫躱了身子。

捱到初三二更, 離城不遠, 張守備道: "捉賊不如趕賊。如今圍了城, 與他攻打[21], 扒進城與他殺, 都費力。不如只在南門吶喊搖旗, 放北門與他做走路, 他夜裡不知虛實[22], 畢竟逃走。是我不動刀兵, 得了一個城, 何必兩

---

16 紛紛(분분): 쉴 사이 없이. 계속하여.
17 做人(주인): 사람 됨됨이.
18 打聽(타청): 알아봄. 탐문함.
19 知道(지도): 앎. 이해함. 깨달음.
20 還是(환시): 하는 편이 더 좋다는 뜻을 나타냄.
21 攻打(공타): 공격함.

下[23]殺傷." 張守備又分付: "沿路逃民, 剩下的破屋, 把他蘆壁草蓬, 都取了來." 自己帶兵在先, 這三十五隊人, 遠遠分開, 取他喊聲相應。又差部下多帶火炮, 隔一二里一處, 在那邊施放, 以見接應的遠。分付畢, 抵城已是三更, 張守備叫把帶來柴草, 分做數十處, 點起火來, 照得如同白日, 就一齊放炮吶喊。這一聲接應去, 足有數里, 又遠遠炮聲相接。城裡韃子, 夢中驚醒[24], 見南邊火把齊明, 喊聲大震, 正不知有多少兵馬臨城, 喜得北門燈火不見, 想是還未合圍, 忙忙的備了馬, 跳得上去, 也不顧城中積蓄, 也不顧城外昏黑, 六七百韃子, 沒命[25]似逃走去了。

延至天明, 只見城中居民, 攜老扶幼, 焚着香花, 大開城門迎接。張守備就整兵進城。知道韃兵去遠, 也不追趕, 止于安撫百姓, 封籍[26]府庫[27], 當收得穀三千石, 大小炮銃一千零十四位, 硝礦五百六十斤, 大小鉛子七千三百零二個。飛報至皮島: 「乞大發兵防守, 庶得以扼要。西南之奴島[28], 正南之旅順口, 東之三犋牛, 俱爲我有。城南一百二十里, 都可聚兵屯糧, 招撫屯種, 卽登津船隻往來, 都有停泊, 東可以窺蓋復, 西可以通廣寧。仍要于城南二十里地, 兩崖距海, 中橫山脊, 內有路闊一百步, 要行設立重關, 以爲防守金州險阻.」

毛將軍卽爲具題, 言固守金州, 須用兵餉器械, 東江自支不足, 乞朝廷急行接濟。

翹首邊城望義師, 喜看一戰靖胡兒。
從今再得沾王化, 夾路壺漿[29]不敢遲。

---

22 虛實(허실): 내부 사정. 내막.
23 兩下(양하): 쌍방. 양쪽.
24 夢中驚醒(몽중경성): 꿈에서 놀라 깸. 갑자기 제 정신이 듦.
25 沒命(몰명): 목숨을 잃. 필사적.
26 封籍(봉적): 장부나 문서에 기재함.
27 府庫(부고): 문서나 재물을 넣어 곳간으로 지은 집.
28 奴島(노도): 雙島의 오기.

正具疏時, 又想: '奴酋他發精兵三萬, 前往復州, 倘或乘勢屯住海州, 聚兵積糧, 思量[30]窺闕有之, 或者知得張盤取了金州, 回兵爭奪, 張盤如何支對? 不若搗巢, 使他東支西顧, 正是息他邪謀, 保全張盤良策.' 忙傳令箭[31], 着參將易承惠, 督兵一千, 前往滿浦, 渡烏龍江, 取路直入, 都司杜貴, 督兵一千, 自昌城渡江, 由雲頭裡, 直入, 都有釘封[32]公文, 指授他方略。又着參將毛承祿, 督兵一千做先鋒, 由鎭江取路湯站·鳳凰城·新佃堡·草河口·甛水口, 聽梆聲卽回。自己督兵三千, 駐鎭江, 兩路接應。

方略已定, 先是易參將領兵進發, 渡了江, 到橫江地方, 札[33]下一個寨, 放炮吶喊, 縱兵攻打各堡。各堡連連傳梆, 奴酋在老寨中, 卽忙發兵, 向橫江一路來拒敵。正行時, 早又杜都司由昌城渡水, 在雲頭里札下一個大寨, 直掠亮馬佃, 亮馬佃又傳梆。八王子正在遼陽, 聽得有兩路兵來搗巢, 竟帶了有馬韃子, 直趕到亮馬佃來, 跑了兩日, 不見一人。杜都司已是渡江去了。八王子直追到雲頭裡, 見一大寨, 怒極, 叫打寨。却是一個空寨, 內中還堆着些用不盡柴草。八王子大怒, 叫燒, 不燒時還可, 一燒時:

火散半天霞彩, 炮飛一地雷聲。亂紛紛火箭舞金蛇[34], 密札札鉛丸來鐵蝎。沾着處頭開額裂, 打來時馬斃人亡。恰如項羽[35]火咸陽[36], 一似武侯[37]

---

29 壺漿(호장): 簞食壺漿. 도시락에 담긴 밥과 항아리에 담긴 술이라는 뜻. 백성들이 군대를 환영하기 위해 차려놓은 음식을 이르는 말이다.

30 思量(사량): (여러 모로) 생각함.

31 令箭(영전): 군령을 전하는 화살.

32 釘封(정봉): (못질하여) 밀봉함.

33 札(찰): 紮의 이체자. 이하 동일하다.

34 金蛇(금사): 電光의 별칭. 빠른 것을 뜻한다.

35 項羽(항우): 西楚霸王이라고 일컬어진 項籍. 자는 羽. 陳勝과 吳廣이 거병하자 숙부 項梁과 吳中에서 병사를 일으켜 진군을 격파하고 스스로 서초패왕이라 일컬었던 인물이다. 그는 숙부 項梁이 군사를 일으키고 왕실의 후예인 熊心을 찾아 懷王으로 삼으니, 그 자신도 따르면서 회왕을 義帝로 높이기까지 하여 황제로 옹립하였다. 그러나 순간이었다. 그는 왕실의 호위부대인 卿子冠軍을 일망타진하고 의제를 시해하고 말았다. 이런 이유로 인심을 잃은 항우는 漢高祖에게 垓下에서 대패하여 죽었다.

焚藤甲[38]。

一陣火砲, 可也打死數千。那邊救横江的, 却也中了這個計, 空寨中火砲, 打死三停之一。正在惱懊, 河東梆聲又發, 奴酋惱得緊, 道: "這番去殺他一個盡絶!" 渡了河, 隨梆聲直趕到聒水站兒, 那毛承祿又已回了, 兩日, 札下一個寨, 看也不敢去看他。計點部下, 亮馬佃打死五千多人馬, 横江也不下四千, 却也人馬跑了五六日, 人渴死了有千餘, 馬倒死了八千餘疋。

各王子且在聒水站安息, 喝罵毛文龍這奸賊, 慣用這奸計弄人, 犒賞了這些韃子, 自己也痛飮一醉睡覺。到得二更, 却又梆聲聒耳, 是毛將軍自督兵, 分一支在寬䨴喊殺, 一支過河在沙松排點放火炮。這時各王子待發兵時, 兩三次撲個空, 枉自折許多人馬; 若是不去, 怕他當了眞從寬䨴進兵搗寨。一個道: "是這奸賊, 慣是撮空[39], 一定還是謊我, 不要去!" 一個道: "他騙得我跑壞了, 料我們不信, 不行救護, 必定來搗巢, 是眞的, 還是殺去的是." 只是黑夜裏忙忙又進兵, 登山渡水, 黑影子內, 失脚落崖, 或是落水的, 不知壞了多少人馬。直追到鎭江時, 各堡說: "這番果是毛將軍自領兵來, 一到就去。只是不發梆, 怕他殺進來, 寨裡沒有防備。及至他去, 又沒甚號兒, 止得各處救兵, 這也沒設法[40]." 各王子嘆氣[41]道: "委是與他殺一

36 火咸陽(화함양): 項羽가 咸陽을 점령한 뒤에 秦나라 궁실을 모두 태워 석 달 동안 불이 꺼지지 않았다는 고사를 일컬음.

37 武侯(무후): 諸葛武侯를 가리킴. 蜀漢의 宰相 諸葛亮의 시호이다. 隆中에 은거하고 있을 때 劉備의 三顧草廬에 못 이겨 出仕한 후 劉備를 보좌하여 천하 三分之計를 제시했고, 荊州와 益州를 취하고 蜀漢을 세우는 데 큰 공헌을 했다. 또 南蠻을 평정하고 北伐을 주도했다. 유비가 죽은 뒤, 遺詔를 받들어 後主인 劉禪을 보필하다가 魏나라의 司馬懿와 五丈原에서 대전히던 중 陣中에서 죽었다. 그가 지은 〈出師表〉는 名文으로 유명하다.

38 藤甲(등갑): 기름을 먹인 등나무로 만든 갑옷. 諸葛亮이 巴蜀지방의 南蠻 孟獲 부족의 등갑을 태웠다는 고사가 《三國演義》에 나온다.

39 撮空(촬공): 속임수를 써서 그럴듯하게 꾸밈. 농간을 부려 남을 속임. 남을 속여서 이득을 봄.

40 設法(설법): 방도를 찾음.

41 嘆氣(탄기): 한숨 쉼. 탄식함.

場, 砍得他幾(箇)人, 自家也損傷些罷了。顚倒奔東趕西, 走了七八日, 連人影兒不曾見得一個, 却爲他坑死[42]許多人, 可惱得緊!" 各兵也只可付之無可奈何, 各自回寨。這邊毛將軍雖是不戰, 却他打死疲死了他許多。

王師神不戰, 虜騎自分崩。
妙算無如巧, 狂奴自不勝。

毛帥到寨, 將各官紀功奬賞, 一面具題報捷。這便是奴酋雖勇, 不能不爲知屈, 力戰爲下, 心戰爲上了。

兵法多方以撓之, 彼出則我回, 彼往則我進, 此以寡制衆, 以弱勝强, 以知役愚之妙算也。撓之以不敢不應, 則奴酋方爲穴中之鼠, 欲出而不敢, 猶足爲河西害乎!

撓之一法, 的是東江能事。撓之, 奴且不敢離穴, 況得呼魚皮[43]諸類而來也, 一痛。

---

42 坑死(갱사): 害死. 살해됨.

43 魚皮(어피): 韃子의 한 부족. 흑룡강 유역에 거주하는 韃靼族 또는 赫哲族이다.

第二十回 亮馬佃官兵破賊 牛毛寨虜衆再衄

拊髀[1]籌元戎，智勇貴天錫[2]。
英英萬夫雄，所向如霆擊[3]。
機深神鬼驚，蹤跡莫可覓。
那更爭拊循[4]，帳下共休戚。
義旗偶東指，踴躍[5]圖盡敵。
片石銘高山，絶漠烽煙滌。

戰士之生死，係于一將。這將須知仁勇[6]具備，仁能恤士于平日，勇能潰敵于當機，智又能出士卒于死地而置之生，奪敵人之勝算而使之敗。至于

---

1 拊髀(부비): 무릎 치며 기뻐하는 모양. 漢文帝가 일찍이 馮唐로부터 廉頗, 李牧의 將才가 같은 조나라의 장수 李齊보다 훨씬 훌륭했다는 말을 듣고는 매우 기뻐하여 무릎을 치면서 이르기를 "아, 나는 다만 염파, 이목의 당시에 나지 못해서 그들을 장수로 삼지 못했을 뿐이다. 그런 사람을 장수로 삼는다면 어찌 흉노를 걱정하리오.(嗟乎! 吾獨不得廉頗李牧時爲吾將, 吾豈憂匈奴哉?)"라고 한 데서 온 말이다.

2 智勇貴天錫(지용귀천석): 《書經》〈仲虺之誥〉의 "백성들은 군주가 없는 것이 옳지 않으므로 하늘이 탕에게 용맹과 지혜의 덕을 주셨으니 용맹은 족히 일을 두게 하고 지혜는 족히 도모함을 두게 하니 용맹과 지혜가 아니면 천하의 대업을 이룰 수 없음이라.(民不可以無主也, 故天錫湯以勇智之德, 勇足以有爲, 智足以有謀, 非勇智, 則不能成天下之大業也.)"고 한 데서 나오는 말.

3 如霆擊(여정격): 《詩經》〈大雅·常武〉의 "마치 벼락이나 천둥이 친 듯 서나라가 뒤흔들리네.(如雷如霆, 徐方震驚.)"에서 나오는 말. 그 疏에서 "우레가 소리를 내는 듯하고, 벼락이 떨쳐 치는 듯하네.(如雷之發聲, 如霆之奮擊.)"이라는 구절이 나온다.

4 拊循(부순): 어루만져 따르게 함. 평소에 훈련시켜 지휘에 따르게 한다는 말이다.

5 踴躍(용약): 이리저리 날뜀. 《詩經》〈擊鼓〉의 "북소리 둥둥 울릴 적에, 용약하여 무기를 쓰노라.(擊鼓其鏜, 踊躍用兵.)"에서 나오는 말이다.

6 知仁勇(지인용): 지혜·어짊·용기. 《中庸》 20章에 "지·인·용 세 가지는 천하의 달덕이다.(知仁勇三者, 天下之達德也.)"라고 하였다.

密哨探而耳目明, 勤拊恤而心志一, 時訓練而筋力强, 嚴賞罰而意氣鼓, 所向無前, 料不至以卒予敵。毛將軍旣復了金州, 又用計在滿浦·昌城殺了許多奴兵, 跑死了許多韃馬, 軍聲大振了。一日, 昌住·畢潭兩處守堡官, 差人來報, 隔江瞭見奴酋差人在亮馬佃, 千百成群, 大隊牧放。毛帥聞報, 道: "這送馬來了." 因與衆將講道: "奴酋常勝之技, 人道他是弓箭。他弓箭雖利, 不能及遠, 他常勝是箇甲堅刀利, 馬壯法嚴。他造甲打刀, 都先期派給與這人, 令他監督刀的快利輕重, 甲的輕重長短, 都稱着這人意見。天下有自己受用的物件, 有不要好的麽? 中國馬矮小、不習戰陣, 邊上買來馬, 俱係不堪有病的纔來賣, 買馬官止要足數, 那裡能如他匹匹俱係高大膘壯的, 還一人一匹騎馬, 一匹備馬? 他每戰, 夷將領兵在先, 子侄甥婿在後督戰, 有不力戰的, 卽行砍殺, 連他妻子也行屠戮, 是罰重了。到攻佔地方時, 他八子與佟李各領一支, 輪流[7]攻打, 若這日是這支攻破的城, 城中金帛子女, 歸他一半·九支得一半, 這是賞重。所以夷人怕死貪利, 沒箇不用力的。我看起來, 器械精利, 一箇廉幹有執持的官做得來; 信賞必罰, 也只在一箇有威嚴大將; 獨有馬, 決不能如他好, 如他多。我嘗聞唐時安祿山[8]賊將史思明[9], 有良馬三千匹, 每日牽在城壕中洗浴。唐大將李光弼[10]知道, 一日在軍中選了牝馬千餘, 見他出浴時, 差人牽在隔岸。牝馬見

---

7 輪流(윤류): 교대로 함. 순번대로 함. 돌아가면서 함.

8 安祿山(안록산): 唐나라 때 반란을 일으킨 武將. 변경의 방비에 번장이 중용되는 시류를 타고 玄宗의 신임을 얻어 당의 국경방비군 전체의 3분의 1정도의 병력을 장악했다. 황태자와 楊國忠이 현종과의 이간을 꾀하자 양국충을 제거한다는 명목으로 반기를 들었으나 실패했다.

9 史思明(사사명): 唐나라 玄宗 때의 叛將. 安史의 난의 주모자. 營州(지금의 요녕성) 출신의 터키(turkey)系의 胡人으로서 安祿山의 친구이다. 안녹산의 아들 慶緖를 죽이고 大燕皇帝라 일컬었으나, 그의 아들 史朝義에게 살해되었다. 그가 洛陽을 함락시켰을 때, 자신의 준마 1천여 마리를 강에서 목욕시키며 세력을 과시하곤 했는데, 당나라 장수 李光弼이 암말 5백 마리를 모아 울게 했더니 말들이 모두 암말을 향해 달려가 1천여 마리의 말을 고스란히 당나라에 넘겨주었다고 하는 고사가 있다.

10 李光弼(이광필): 唐나라 肅宗 때의 節度使. 郭子儀의 추천으로 河東節度副使가 되었고, 安祿山과 史思明의 亂을 평정하고 代宗 때에 臨淮郡王에 봉함을 받았다.

了這些馬, 便長嘶起來, 史思明的馬聞着牝馬嘶, 竟渡河來, 過來逐隊。賊兵阻擋不得, 隔水又不能追趕, 都爲李光弼從從容容[11]得了。今奴賊有馬都向近我地方牧放, 不可智取, 也可力得, 豈不是箇送馬!" 卽傳令遊擊尤景和·都司杜貴·參將易從惠·毛承祿, 各領兵三千, 自帶領中軍陳繼盛, 也是兵三千, 五路進發。

先是尤遊擊與杜都司領兵直進, 抄出[12]亮馬佃北, 截住兵馬歸路, 易參將自亮馬佃東首進, 毛參將自亮馬佃西首進, 自從亮馬佃正南入。乘着中秋月色, 五支人馬, 悄悄[13]渡了江, 竟向亮馬佃來, 晝夜兼行[14], 到佃恰晚。這佃中原不多, 止韃子千餘人, 也是牧放, 不能大戰的, 馬倒有萬餘疋, 是牛毛·董古·馬家各寨來就水草牧放的。這夜各韃子把馬都去了鞍轡, 隨便聽他喫草, 自己三五成群, 喫了些馬乳酒, 東倒西歪[15]去睡。只聽得正南上一聲炮響, 喊聲大振, 恰是毛帥領兵殺至, 衆韃子正驚得不知去向, 東西兩處, 早又炮聲相應, 毛參將·易參將, 兩支兵又逼近來。膽大的也覓不着鞍轡弓刀, 跳上馬向北逃去, 膽小的都在荊棘叢中, 或是深溝破屋, 捱箇身子, 還敢來顧馬? 那正北方又連珠砲響, 杜都司·尤游擊兩箇截殺, 把這些逃走的韃子, 殺得亂竄, 就趕得些馬去, 也都被奪回。天明毛帥就佃中扎營, 分兵將在佃中馬匹, 盡行收趕, 不下八千疋。因是夜間, 韃兵便于逃躲, 止(只)斬砍一百餘級。毛帥自收兵回島。

紛紛良馬盡驪黃[16], 逐水荒郊臥夕陽。
誰料網羅來暗裏, 却隨南國效騰驤[17]。

---

11 從從容容(종종용용): 느긋함. 여유가 있음. 허둥대지 않음.
12 抄出(초출): (범죄와 관련 있는 것을) 색출함.
13 悄悄(초초): 조용히. 은밀히. 소리 없이.
14 晝夜兼行(주야겸행): 밤낮을 가리지 않고 계속해서 함.
15 東倒西歪(동도서왜): 비틀거림. 쓰러질 듯함.
16 驪黃(여황): 牝牡驪黃에서 나오는 말. 名馬를 고를 때 암수나 색깔과 같은 외면적인 것보다 내재된 것을 중시해야 한다는 뜻이다.

到島將馬分給衆軍, 有功員役[18]盡行給賞。到九月初一日, 原差[19]深入遼陽緝探[20]千總馬成功進來[21]叩見[22], 毛帥叫近前來, 獎慰了一番, 問他光景[23], 馬成功道: "小的尊蒙鈞旨[24], 前往遼陽, 晝伏夜行[25], 前到張御史[26]祠堂前, 撞見[27]族侄馬起群, 在彼趕豬。小的向前問他消息, 說目下奴酋各路收集人馬, 要在本月犯搶[28]。小的復在他家存住三日, 果見道路紛紛傳說。小的知是的信, 漏夜[29]走回." 毛帥聽了, 重賞了馬成功, 聚集將士計議。

分付整點了三萬水陸官兵, 各帶二十日糧, 初六日就出了鴛兒溝, 過亮馬佃, 到了十三日, 來到董古寨。毛帥申嚴了將令, 乘着大兵的勢, 一戰奪了, 殺了韃子二十六級, 奪得馬七十六疋, 牛六十隻, 豬羊二百七十八隻。毛帥就將來分給了三軍, 後發兵前行。十四(日)到牛毛寨, 却是一箇空寨, 逃得人影也沒。十六(日)直抵了閻王寨屯駐, 只見十七日奴酋帶領大兵來了。毛帥分付: "今日深入賊巢, 不可不力戰。如有退縮, 卽行斬首!" 遂命遊擊馬應魁帶寬靉鎭江各路兵(馬)爲前軍, 自帶遊擊王三荐爲中軍, 都司杜貴爲後軍, 參將陳繼盛·遊擊毛承祿爲左右翼。毛帥叫陳毛二將上前分付了, 自統三軍, 奮力死戰, 各軍也因深入重地, 有進無退, 無不以一當

---

17 騰驤(등양): 치달림.

18 員役(원역): 벼슬아치 밑에서 일하는 구실아치로 서리의 하나를 이르던 말.

19 原差(원차): 죄인을 압송하기 위해 차출된 사람.

20 緝探(집탐): 偵緝探訪. 조사하여 체포하고자 탐문함.

21 進來(진래): 어느 관아에 딸린 하인을 체포해야 할 경우 미리 그 까닭을 해당 관아에 알리던 일.

22 叩見(고견): 면회를 청함. 만나 봄.

23 光景(광경): 상황.

24 鈞旨(균지): 귀하의 뜻. 높으신 뜻.

25 晝伏夜行(주복야행): 낮에는 숨었다가 밤이면 길을 감.

26 張御史(장어사): 張銓(1577~1621)을 가리킴. 山西省 沁水縣 竇莊사람. 監察御史로 遼東을 巡按했는데, 遼陽이 後金軍의 공격을 받아 함락된 후에 목을 매어 순국하였다.

27 撞見(당견): 만남.

28 犯搶(범창): 국경을 침범하여 창탈함.

29 漏夜(누야): 한밤중.

百。大戰竟日, 互有殺傷。

大將勤兵入不毛, 紛紛熱血汚弓刀。
全軍力戰陰山下, 肯令匈奴匹馬逃。

正戰時, 只聽奴兵後首炮聲, 陳繼盛 · 毛承祿這兩支生力兵[30], 抄路[31]直犯奴兵中軍, 要擒他大將。奴兵聽得後軍有南兵冲突, 不免驚惶, 南兵聽得南兵已突入奴酋中軍, 無不歡聲動地, 大呼陷陣。奴兵當不得首尾交衝, 只得退走, 被官軍趕殺了五六里。毛帥見前面林木茂盛, 恐有伏兵, 傳令收軍。只見部下紛紛來報功:

中軍游擊王三薦, 斬首十四級。
　　游擊王承鸞, 斬首五級。
前軍游擊馬應魁, 斬首六級。
後軍都司杜貴, 斬首五級, 生擒一名。
左翼參將陳繼盛, 斬首七級。
　　游擊王甫, 斬首十五級。
右翼遊擊毛承祿, 斬首十五級, 生擒三名。
　　都司張魁, 斬首三級。
從征鎭江遊擊尤景和, 斬首三十五級。
　　寬奠參將易承惠, 斬首十級。
　　靉陽遊擊曲承恩, 斬首三級。
　　　　都司沈世魁, 斬首三級。
　　　　守備武學, 斬首三級。
　　江淮參將許日省, 斬首三級。

30 生力兵(생력병): 生力軍. 신예 부대.
31 抄路(초로): 지름길.

　　遊擊朱家龍, 斬首二級。
　共斬首一百二十九級, 生擒四名。

毛帥分付造冊候題。正班師渡江, 只見一箇撥夜, 帶領一箇回鄉百姓周至, 說奴酋因牛毛寨失利, 嗔恨要襲取金州報仇, 仍乘機渡河犯搶, 其牛毛寨另發兵防守, 以防搗巢。毛帥道: "奴酋欲取金州, 這張盤新復的土地, 如何能守, 必須往救纔是." 只見帳下一箇贊畫生員葛永貞道: "奴酋聲言復金州, 復金州也不須奴酋大兵, 他犯搶關上是實。他雖虛言, 也是要哄我兵分守金州, 不得聚兵搗巢。他日今將動, 巢穴正虛, 不若再行搗巢, 出其不意[32]." 毛帥點頭[33]稱是。尤景和願爲先鋒, 毛帥就差他與陳繼盛・許日省分做三支, 再往牛毛等寨, 自己督兵後應。

一路自轉山頭・稗東葛嶺・牛毛嶺, 險要處, 都先排有兵馬, 埋有地雷, 設有機巧, 虜至即發。直抵牛毛寨, 此時新守寨牛鹿, 也率兵相敵, 一面傳梆討救, 只是[34]部下是新敗之後, 沒有膽氣。這三箇將官都帶着一箇必死之心的, 如何不勝, 被這三箇一陣, 殺得大敗, 斬首三百餘級, 奪他馬二百餘匹, 退兵。先是董古・馬家兩寨合兵來追, 三箇將官着後隊做了先鋒, 退回, 他自據了牛毛嶺險處, 發上許多砲石, 又撥動地雷機括[35], 將韃子打死不計其數。及至奴酋兵來, 他已上嶺, 獨剩三五百兵, 又據住稗東葛嶺廝殺。這嶺兩邊是大崖, 夾着一條小路, 只可單馬行的, 奴兵如何追得來! 相持到晚, 尤遊擊把石壘斷, 潛師南回。比及奴酋搬去得石塊趕來, 這三箇又在鴉兒河南岸扎營, 却又只五六百兵。奴酋見了大惱, 道: "這幾箇人兒, 必竟要殺盡方回!" 催兵渡河。這三箇將官, 隔着河放箭放砲, 奴兵已是難前, 却又北岸早又飛起許多炮來, 都是這三箇將官, 預先埋在岸上, 藥

---

32 出其不意(출기불의): 《孫子兵法》〈始計〉의 "적이 대비하지 않은 곳을 공격하고, 적이 예상하지 못한 때에 공격한다.(攻其無備, 出其不意.)"에서 나오는 말.

33 點頭(점두): 승낙하거나 옳다는 뜻으로 머리를 약간 끄덕임.

34 只是(지시): 그러나. 그런데.

35 機括(기괄): 쇠뇌의 弩牙와 箭栝. 쇠뇌의 활을 발사하는 장치이다.

線[36]相連, 總藥線都貫在羊腸內, 通連南岸, 水不能濕。火炮起處, 奴兵只得退步。三箇將官發聲喊, 竟走入毛帥大營班師。原斬首級, 因奴酋追襲, 于路拋棄, 止存一百七十一級, 原奪馬匹, 亦因兵追逼, 于路失亡, 止存一百十三疋。毛帥又行敘功奏報。奴酋因見行師多有機械, 不敢來追, 也不敢犯關了。

亮馬佃兵分四路, 所以一網皆收, 牛毛再擧, 直出不意, 皆奇兵也。

---

36 藥線(약선): 도화선. 심지.

찾아보기

〈ㅈ〉

영인자료

요해단충록 4

『古本小說集成』 72, 上海古籍出版社, 1990.

여기서부터는 影印本을 인쇄한 부분으로 맨 뒷 페이지부터 보십시오.

卷之四

第十六回

大屯田戰守兼行　通商賈軍資兼足

黎庶彫零困轉輸。飢軍庚癸又頻呼。
司空仰屋頭爲白。計部持籌淚欲枯。
水耨阿誰揮耒耜。火耕未見闢萊蕪。
東江今日勤耕鑿。會見中原力少蘇。

師行則糧食隨。故有兵就要議餉。但餉沒個神運鬼輸。只靠得百姓。近來雖是爲遼餉加派。却又不

免有水旱災傷減免是百姓身上原也支不來更
又有貧頑人戶之拖欠奸猾攬戶之侵那狡猾吏
書之那盜越不足用及至起解也不免火焚水濕
盜劫各項失損至海運當日遼陽未失曾是登津
運至旅順接濟河東廣寧未失曾是登津屯覺華
島接濟河西如今豈不能自登津運赴各島若是
茫茫大海有巨浪颶風因有觸礁撞渦沉溺破壞
等事這不能竭百姓的脂膏養飢軍都歸巨萬之
糧儲歸于大壑餉司以出門作了事軍士難把空

紙當饔餐這也是一個極難的難事惟有一個屯
田之策古來有屯田以民養兵的是三國時棗祗
他在青州與州率民耕種使曹操兵無乏食有屯
田以兵養兵的是漢時趙充國他在金城安定散
兵耕種使中國不苦搬運滅了先零叛賊此還是
古時的事便我　太祖因劉益降得了遼東也因
餉道艱遠大開屯田着人朝鮮市買耕牛穀種商
人入粟種鹽毛總兵他知中國百姓凋敝發津轉
餉艱難累次咨文催討又經經撫請題　聖旨催

發錢糧。十不得五。要倚靠朝鮮。他國小民貧。不可
屢屢煩擾。失了他心。倘使他離了心向了奴酋一
發。失了依倚。只是島中向有島民。更毛鎮帶有兵
丁。日來接濟河東西難民。撥船渡送到登萊的固
多。存在海中的也不少。那一個不要糧。若使餉不
接濟。不爲措置。這有一飡沒一飡。軍士怎生守島
怎生出戰。這些百姓怎忍死在島中不生變麼。須
尋出一條長策。想得各島除邊海水所冲灘的是
斥鹵之地。止可燒鹽。不堪開墾。還有島中高崗峻

嶺峭壁嶢岩，多係山石，不可耕種。其餘平坦膏腴之地，已經本島民耕種常業，不得佔據。尚有已開墾，因兵亂拋荒未開墾，其地儘可耕種，皆可界限成田。春夏種麥，夏秋栽植黍粟，以供糧餉。再于各山出泉處，隨地開積成池，分成溝渠，以備亢旱。一畝所出的，可以供一人；一人盡力耕種，可得十餘畝，便是一人養得十多人了。以此屯種，一來可以省少國家錢糧，二來少免登津輸挽，三來也不怕島中缺餉。皮島中百餘里，地腴泉溢，向已開墾，如

今復將可耕的盡行開荒又查石城島地方百里
地坦可耕長山島大小二島南北相對中通海舟
綿亘百餘里其地可耕又多薪水廣祿島周廣數
百里向有田疇其餘給店島大三十餘里鹿島二
十餘里色利島大四十餘里獐子島大三十餘里
海洋島大五十餘王家島大三十五里又新關皇
城島三俱牛各不下三五十里皮島東南有菊花
島蓉麥島須彌島都地廣可耕島內除搭盖民居
營房已經居民耕種的磽磅不可種的其外俱

行各島守備督令耆民兵士大行開墾。仍令明畫界限，各定畝數，給佃遼民。又酌肥磽，別上中下三等，定議稅糧，每年于夏秋成熟之時徵收，以充兵餉。中有貧民，毛總兵又差人賫有銀兩，前往登津、朝鮮平買耕牛農器分給。只見各島島民在島中開濬掘埂，疊成田地，又在農忙之時，朝耕暮耨，栽種粟麥。島中老弱與婦女，携壺挈榼，餽餉農民。各島各立一個勸農官督課，只見島中早已

蓑笠動斜曛。　耰鋤破隴雲

　夫耕與婦饁。　禾黍綠紛紛。

各島之內。建有倉敖。徵收之時。將來屯積。以備糧運。一時不到。可以接濟軍士。或是遼民歸附。飲食不敷的。亦行賑給。把當日這些荒榛敗棘。野草寒烟。一派冷落的窮島。都已变做一個殷陳富庶的世界了。

　雲鎖危峯浪拍空。　蕭蕭蘆葦泣西風。
　那堪得遇回天手。　盡挈斯民化日中。

但是軍士有本色。這是糧米了。還有折色買酒肉

衣鞋之類。是銀子。又遇時月有犒。或是效有勞績。有賞。嘗言道善用兵的。殺人如殺草。用銀如用水。古時趙國李牧。他守邊。一應賦稅。都入他軍府之中。所以他得每日椎牛釃酒。勞軍士。軍士人人感恩。願効死力。後來匈奴犯邊。軍士踴躍赴鬪。殺敗他片甲不回。若使李牧平日捨不得錢財。部下如何肯捨性命。故爲將的自惜不得銀子。却也中間接濟有名無實。又不以時至。軍士們嗷嗷待給。可以虛名哄弄他麼。這也必須得要委曲收拾軍心

毛將軍就思量出一箇通商之法一個對支之法
商賈不通所以島中合用多缺就是軍士有些人
參貂鼠銀兩也置之無用軍士越窮若一通商客
人貪利怕甚風波島中百貨湊集有無交易便也
衣食皆足且每貨畧取他些稅也可以濟軍餉至
于米麥草料也聽客商裝載到島驗收若干然後
給批聽赴登萊餉司對會東江應給餉銀商販利
重他也不怕路途險阻守支需遲在餉司却也省
一項渡海船脚又免一種風濤虧損干係就移文

登萊乞寬海禁除硝黃盔甲軍器恐有漏入夷境等情聽登萊人運發或聽東江自行闗領其餘糧食貨物船隻查無夾帶違禁之物竟聽給引開洋前至皮島凡到島的毛將軍念他遠涉風濤爲身亦爲國極其體恤米麥草料軍糧紬絹可備旗旐布疋可備衣甲都是軍需旣已騐收卽便給批着赴登萊闗領對支仍加犒賞凡是交易的都爲他平價不許軍民用强貨買又禁島民誆騙拖賴那些客商那一個不願來的

舸重集煙嶼。舟檣通海涯。

從茲靖島上。萬里獻珍奇。

每遇給放月糧。即將布帛之類品搭與軍士。搞賞時。即將貨物充賞。原也是軍士要用的。還也省他一番買賣。所以軍士也莫不歡悅。島中百貨已聚。又將與朝鮮交易。與朝鮮換兌米糧并軍中急用鉛鐵等物。把個皮島做了商賈鱗集百貨輻輳的所在。這番糧餉也稍足。軍需也稍足。雖不能不藉中國餉資糧器械。然已緩急可備。不純靠定中國。

又因中國行鼓鑄足國。咨部要行在島鼓鑄。工部委一個大使朱裕。帶領工匠前去。銅炭已具。工匠稟要南京取沙。方可成錢。毛將軍正慮往返耽延時日。忽然工匠在厰取泥做爐。開掘時地下方廣二丈餘。俱是細沙。與南京無異。即行稟報。開爐鑄錢。果然皆成。又得濟島中之用。這是天心助順。亦是人心格天

壯志勤燕然　　徹輪愧不前
精忱格天意　　爲出耿恭泉

總之財在天地間。無生財之人不生。若弄實心爲
國，設出這些方法。今日索餉。明日索餉。口須耳更
聾、一言之失。又是要君毆虐、開罪于上。如强要驅
逐于飢寒。單士出去不。唯不濟事、于心亦何忍。唯
如此食足兵强。方可以滅奴首爲分內事了。
富强二字。有國的不諱。故管仲强齊。范蠡伯越。
都先把富國爲首務。振南亦踵此策。而說者
欲嚴登津入海之禁。是飢膚而責之飽也。得
乎。

財不神運鬼輸。只是人生。試問如此生財。勝加
派開例捐助多少。

第十七回

毛帥規取建州路　陳忠首捷櫻桃渦

醜虜逆天誅。元戎出海隅。
翔螭浮壯士。畵鷁泛征夫。
白羽連波白。朱旗映日朱。
窮荒有遺老。翹首嘆其蘇。

奴酋背天朝卵翼大恩。屠城破邑。斬將覆軍。殺人之兒。寡人之妻。窮凶極惡。天人共憤。凡是有人心的。誰不思食其肉寢處其皮。爭奈兵力不支。人心

本國假王巡撫一般。口口出戰却被夜賊內變把
一箇廣寧白手送去。似這樣看起來。必定要先足
了。討賊兵力再定了討賊方畧這等不似浪戰。是
箇萬全之師。可以有勝無負。毛總兵細陳方畧原
要恢復全遼。直擣奴穴。只見各路撥夜來報各路
進探擣巢路徑。

鎮江。路徑長奠永奠。三十里至沙松排子。二十
里至分水嶺。三十里至八家子。十里至轉山
頭。十里鴉兒河。二十里稗東葛嶺。十里稗東

葛嶺寨子，三十里牛毛嶺，二十里牛毛寨，二十里董古寨，十里馬家寨，四十里深河子，三十里大家寨子，三十里馬家寨子，三十里四兒哈寨子，四十里家哈寨，三十里老寨，俱係小徑密林，不便行軍，合從寬奠出邊。

寬奠路十五里至吉洞，二十里小佃子，二十里團佃子，二十里八家子，二十里轉山頭，餘鬧鎮江路，內小佃子，團佃子，八家子雖有林木可伐，牛毛嶺，家哈嶺，林崇嶺，峻稱東葛嶺路

十七回　二

夾大崖單馬觔行。
[illegible]陽路三十里北古河。八十里半嶺。七十里一
赤董古寨子。五十里頭道大嶺。二道火[illegible]
十里凹兒哈寨。七十里至老寨。北古河出口
依河夾峙林木深邃。小河數十道。冬春涸凍。
人馬堪行。夏秋泛漲。勢難遽渡。頭道大嶺二
道大嶺。岩陡路險。二百餘里。止容一人一騎。
並無抄徑可由。又有合抱大樹。連路難伐
清河路三十里鴉鶻關。二十里響花嶺。五里撒

石寨。十里無狠寨。十里舊鴉鶻關。十里一哈河。十五里烏雞關。二十里林子嶺。二十里錯羅必寨。三十里老寨。一路平坦。並無河阻。舊鴉鶻關無林。路坦砌石爲關。可容四馬並進。惟烏雞關頭道以木扣柵成關。西邊懸崖相抱。二道砌石爲關。上棚大木。二關在平地。止通一人。躬身而行。不能容騎。甚爲險峻。林子嶺。樹甚稠密。可容四馬並行。

東州堡路。四十里剪河。十里八家子。二十里古

道關。二十里黃嶺。三十里方巾納寨。抄出穆
七寨。大路至植東寨。十里黑木寨。十里大寨。
十里老寨。自剪河口分兵抄過五里嶺關。至
穆七寨。合撫順大路。直取奴寨。皆坦易無阻。
撫順路。二十里關口。剎刀山。五里土木河。十五
里新寨。二十五里汪紅木寨。十五里甕房山
城。八里窩兒胡寨。三十里古路寨。十五里楊
哈寨。十七里五嶺關。三里馬兒墩寨。十里穆
七寨。葩木寨。十里黑本寨。十里大寨。十里老

寨内惟五嶺關險峻。

鉄嶺路七十里三坌兒十里仙人洞。十里王八灣八十里由詐哈寨。北太路抄至康家寨。八十里大寨。十里老寨。俱平川大路。林木無多大川亦少。康家寨二十里有夾川平佃大樹五十里中有夾溝谷。易于埋伏。

各路俱據着知識開報。獨有開原不能探訪毛將軍看了各路揭巣徑道。想道各路進勦。須用大兵且清撫東川鉄嶺久已陷賊。我兵亦難深入。止有

鎮江一路最近。我可進兵。其餘寬奠亦可入路。但
四衛尙多二心。我兵豈可探入。只今已八月秋高。
奴酋必思窺關。不若且遣一軍前往。探哨進兵路
徑。乘隙撓亂奴酋。使他內顧。不敢妄動。也是要着。
因此一面牌行陳大部等。在三山各島簡練士卒
聲言要領兵收復四衛。以分他兵勢。然後令一將
規取鎮江等處。做搗巢張本。只見帳下一個守備
陳忠願往。毛將軍見了大喜。道我此行原止要撓
亂奴酋。使他不敢西犯。不用大兵。你止可領軍一

千。自旋賊海口登岸。相勢而進攻打他戍守炮堡。若聽得他四山發梆。奴酋必統大軍來救。你便撤兵回島。使他人馬奔馳疲敝。這就是功了。路上遇有韃賊。戰時不得貪割首級。不行追殺。以誤軍機。更不得混殺遼人做功。我這裏自有辨驗。這是韃奴剃頭辮髮。自少已然。遼民雖暫剃頭。似髡子。若在水中浸半日。網巾痕自見。故不可混。至于男女死水中。更有仰覆之別。陳忠聽了將令。率領了千精兵。駕了五十隻唬船。三箇炮。出了水關。直向

丹忠錄　十七回　五

旋城進發。

帆影逐飛鴉。 輕撓破浪花。

樓船行出將。 貫斗試浮槎。

徑由了鹿島。趁着潮勢。到了旋城。陳守備叫停了船。分了數十兵士守船。以防風濤泊去。自巳領了三百名。分兩個千總。也各統了三百名。做三路進發。約定只聽炮聲便一齊合擊。此時遼陽失陷巳是年餘。何曾有一箇官兵到來。所以奴會並無兵馬在沿海。就是遼民降的。都隨住在大城之中。不

降的都已入島。一路雖有些草舍也都沒箇人。真入了無人之境。行了日餘。恰是瀴桃渦。是一箇堡子。有一箇守堡領着韃子五百餘看守。遠遠瞭見沙地中。有一支人馬行動。他也只疑心是遼民逃入海。正要奪他行囊馬疋。帶了些腰刀弓箭。竟撲將來。不知這廂陳守備早已知是韃兵。把火器緊緊見對着他。點放。一聲响打翻了數十個下馬。兩支兵聞炮。又已合來。衆韃子都因有盔無甲。不果戰。撥馬就跑。陳守備等縱兵追殺。趕了二十餘里

十七回 六

破了首級二十餘箇。

撲地征塵障碧空。旌旛動處掣長缸。

輕兵直遏胡南牧。應是三韓第一功。

仍又分開前往。到得湯站。遠遠望着塵起。知是韃兵來了。陳守備放了一箇炮。會儱人來。分付衆兵我們離海巳遠。回軍不迭。就退時。一望沙漠並難走脫。止有上前殺賊一策。非他死。就是我死了。各要齊心砍殺。又分付道。韃奴怕是火器。料我孤軍。火器不多。必待火器將完。衝來。我如今分做三隊。

我領中隊先將三眼鎗點放誘他放完他來時你兩隊噴筒鳥嘴齊放可以大捷籌畫定了只見韃子已離不上百步陳守備就點放三眼鎗一陣烟過韃兵趕來正待對面一聲響處左右兩隊噴筒鳥嘴齊發打得奴兵樹葉似亂落陳守備等喊殺上前亂砍那些韃兵見中傷的多南兵又勇壯把這些死傷的撓鈎搭了飛走官兵不捨奮力追殺又砍死了十餘箇并火器打倒的都取了首級又有幾箇恃着强在後面斷後的一箇阿撒被擄了

儹趕上。一鎗搠了馬。馬一撅跌下來。被陳守備提下。一箇被軍士楊旆一鈎鐮搭住。生擒過來。還有三箇都被南兵三四箇攢一箇。五六個拿一箇。也抓住了。共計生擒得阿撒等五名。斬首五十二級。韃盔八十六頂。甲八副。馬三十五疋。腰刀四十口。弓六十張。箭三百枝。正待追趕。只聽得四山梆响。這梆正如我中國烽火。烽火還遲。這梆聲頃刻傳到。奴酋便發大兵來救。陳參將聽了。叫收拾班師。衆軍便將韃賊綑綁在了。首級盔甲器械駝在馬

上一齊望海口回軍上得船岸上已十餘箇標了
韃兵數千趕至陳守備把船由深水收向鹿島這
鹿島緊對旋城中間有一帶淺沙此時潮落沙隱
露出這韃子正抓船不出發惱見有沙可走便打
馬趕來不料這沙又鬆馬踹着便要陷下大前足
纔起後足又陷島邊守島的又已擺出許多弓弩
火器更有幾箇大膽遼軍也涉水趕來把火炮亂
放把前面這幾個騎馬的打落沙上虧得岸上的
韃賊忙用鈎搭扯去不然不是陷死便被捉拿無

可奈何只得退去這廂陳守備自回軍皮島塘報[illegible]已報知放了三箇炮將兵船收入島陳參將率領將士獻了功毛將軍即行賞了花紅鼓吹迎出轅門一面造冊具　題這便是櫻桃澗湯站大捷是初得皮島時第一功

全憑將士無生氣　手歷樓蘭報國恩

八路抵巢實有所據非紙上空言但自壞長城不無塞上無人斬郅支之恨況又至于南牧乎殆欲食肉而寢皮矣

八路極詳且核東江豈一日忘奴故至今日縱
鵠之亦不能寧虜誠紙上空言了。

第十八回

大孝克伸母節　孤忠上格天心

泉飛疎勸甘如冽。堅冰又結滹沱水。忱可格神明。鑒天心暗中相庇。的的傳青史。忠貞眞與前賢比。鴟夷何惜沉波底。急浪脫重圍。趂洪濤飄然逝矣。今古堪同美。

右調落燈風

一點精忱。金石可開。故古來忠孝節義。沒箇伈伈不伸。沒箇感格不動。的若是一箇節婦。果然飲冰

十八回　一

倉書守夫成予一段堅貞之操豈不能動 聖主
一箇孝親的能矢心爲國建立功勳豈不能顯親
揚名至于忠臣捐軀報主那怕履險蹈危不知冥
冥之中天爲常祐之如我朝廣德知縣王叔英爲
民所雨積柴自焚火發雨至曹國公李文忠征胡
乏之水向天呼祝馬蹄所跑甘泉隨出見之史冊豈
是虛言却不意有一時類聚的毛將軍因陳忠報
提已經具 題因是閑中念及我這立功異域之
身從何得來父親早喪若非母親苦守如何成立

今母親已歿。生不能養。死又不能發揚母親的貞節。亦無以伸人子之情。具呈經畧王閣。部大爺職原係山西平陽人也。寄居浙江杭州。年九歲。父監生毛偉棄世。母沈氏年二十六歲。卽守制。家事寥落。職伶仃孤苦。無以爲生。幸母舅徐顧天府尹沈光祚。養育成長。職念母老家貧。因遊邊塞。祿仕以斬俘西虜功。升萬戶。旋蒙楊經畧加衛都司。母年六十有二矣。抱病在杭。歷書召職。私情烏鳥。罔極私衷。南望涕流。腸爲百斷。陳

十八回 二

[illegible]院遣。不俞給假。此時職亦念忠孝不能兩全。
國家正當多事。不卽南歸。而母因念予。屢轉牀
蓐。已成終天之恨矣。雖比皐魚之痛。竟罔[illegible][illegible]
之仇。此職所以呼天望雲。而每不禁涕泗[illegible]。然
在遼建言上院。亦未蒙下擇蒭蕘。遂致遼廣連
陷。職每念臣子當以身許 國。故沙場權曾。爲
將之榮。但慮一旦暴華則職之爲臣盡忠。高
堂必爲職顯揚。而職不及爲母氏陳其苦節。則
爲子盡孝之道。職實有虧。而職母冰霜之節操。

是以子不孝蔽其善矣今當 聖明以孝治天下以節義風天下如職母者應在旌節建坊以彰風化而本部院鼓舞將吏之法必能達其薦分填結之心事以得其寸心感奮之死力職非眞駿亦怒蛙也願居鼓舞之中敢求心事之達且職有戰無援自分一死報 國職死而誰爲職母鳴節乎即職弱弟毛季龍肄業錢塘庠學亦安得如職存日有本院鼓舞將吏憐職之海外孤危爲職題 請旌節乎庶職生彌奮嚙結

之心。誓當與賊不共戴天。即或從事疆圉。而忠
孝無虧。得含笑見母氏于地下矣。伏乞照詳
請建坊　旌節施行。隨經經畧王司馬奏聞道
看得毛文龍之母沈氏。青年守節。臣宦浙多年。業
聞其槩。文龍剔歷邊疆。伊母倚閭屢盼。天涯遊子。
念華髮之垂堂。海外孤臣。感白雲之在牖。幽貞成
其素志。咸彰伊母之賢。淑德本自名門。玉成厥嗣
乎武。文龍爲　國忘家。爲　君忘親。當體必至之
情。而　朝廷敎臣以忠。敎子以孝。須爲錫類之典。

郎其立功名于異域。亦宜標懿哲于所生。旌表之恩似應覃及具 題准旌表建坊。至此眞是子無母無以宣威海甸。母無子無以闡發幽光。可云生死兩無餘恨了。

四十餘年稱未忘。 將荼蘗得鬢成蒼。
羽成溟海飛三鳳。 翎殺深閨泣獨凰。
皮島夢迷驚剩枕。 武林雲斷濕征裳。
丹書特爲光泉壤。 絕塞王陵氣更揚。

毛將軍感國厚恩。急圖自效。招撫遼民。設防搗勦

不遺餘力因流民衆多不能容納又在皮島東南
關出一箇雲從島又在皮島相對一座鉄山看他
山勢險峻水泉不絕可以屯駐因係陸路奴酋可
以渡鴨綠入犯特設重關關外挑濠築墻裡邊通
商設市又在奴酋可以入犯之處龍川堡彌串堡
趨林畔車輦至義州一百八十里都發兵與高麗
協守就是高麗與奴酋交界沿江一帶水口城甘
州渥江青石孤嶺朔州昌城昌州昌佳畢潭別東
黑孤里小孤里關平矮鬼麗山臥龍突滿浦幹阧

各地方逆奴都可侵犯內昌城過江是奴酋雲頭裡亮馬佃地方滿浦渡烏龍江都可通奴酋老寨也是我兵搗巢之路都發兵協守鴨綠入海之處又有一塊地名于家庄與鎮江相近並無山林都是平衍之地盡行開墾以逼鎮江經畧並無寧日一日已是十二月隆冬忽然撥夜丁武探報奴酋整點兵馬待要乘凍渡三岔犯關毛將軍聽了即差參將易承惠往昌城遊擊王甫往于家庄遊擊王承鸞往水口城自已駕船七十二隻前往鎮江

湯站各船出了水關。向北進發。此時隆冬。西風陡
發海濶風高
一會裡揚砂拔木。半刻間鼓浪掀波。蓬蓬勃勃
聽不出戰鼓之聲。忽忽飄飄，撓亂却旌旗之影
猶無功。柁無力把不住萬斛之舟。檣欲折桅欲
歆枉用盡千金之力。一似遊揚柳絮蒲空飛飄
泊桃花隨處落
後離了皮島前又巴不着罈子等各島。近了晚風
越大可憐七十餘隻船打得星飛雨散。也有折桅

翻的。也有斷柁覆的。也有觸礁沉的。也有撞冰碎的。也有打到各島的。撞入登萊天津地方的。飄到朝鮮。遠至日本的。毛將軍船也泛泛似孤萍一般。沒處栖泊。身邊並無一隻船來救援。漂泊了一晝夜。滿船驚恐。怕打近虜地。孤軍被他掩襲。早一潮拍在一箇淺洋處所。進又進不得。退又退不得。要差人去取救。又無別船。正是驚憂之際。大風又打上許多大冰凌來。把船又剖損。水向船內直滾。雖是水手勉強把灰麻抵塞。如何出得大洋。毛將軍

見了叫取香來向天祝道若使天不祚我大明使
恢復遼左或文龍非眞心爲國就喪黿鼉腹中若
我大明當興文龍當終爲國家出力幸天神保祐
脫我危險祝罷只見異香滿空隱隱雲中似有人
形此時潮已過了忽然又蹔起潮來

動地起洪濤　舟輕似一毛
西江誰掬挽　洄轍免呼號

趂着水勢把柁向南直指一溯而去微茫之中早
見一島嶼合船歡呼却正是皮島又潮落不能抵

岸。船又復漏了。部下軍士楊二。忙解衣背毛將軍上崖。眾人都涉水後隨。島中又撥船出接。隨師來船已是沉了。毛將軍到府。各將都來候問毛將軍。但以風阻不得入賊巢為恨。喜得不上兩三日。各路回報。昌城一路斬首十二級。于家庄一路斬首二十一級。水口城一路斬首十七級。俱奪有馬匹器械。時奴酋與八王子正在河東整點兵馬。聞各寨傳梆報警。盡奔回老寨。各路兵少。不便擣巢。都已渡江回守。特來報功。毛將軍道。奴酋若奔老寨

則關上可以無虞了各各賞了思念自己臨危不
死雖曰天子之靈也是諸神之力上疏遵波臣效
順事請建天妃廟于廟島娘娘廟于鼉磯島龍王
廟于皇城島山神廟于皮島都動支自欽給銀兩
廟貌一新使不是毛將軍精忱足以感明神宋朝
張世傑何嘗不呼天禱祝而卒不免舟覆葬于海
中使宋祚竟滅
一門大節俱足上達　聖明感天地眞亦武林
盛事也

非三潮而毛鎮不免矣猶不忘牽制是不以險
阻退心

[illegible]

第十九回

張盤恢復金州　杜貴大戰湍湍

毛土恩波不可忘。肯教俛首事豺狼。
雲霓念切濡窮海。日月恩深照大荒。
綴死再遵周正朔。偷生重睹漢冠裳。
壺漿莫惜迎軍旅。潦倒襟懷喜欲狂

用兵進取。恢復易。拓土難。拓土但見兵威。未見恩德人多疑懼之心。恢復久沾恩意。正極追思。自有樂附之想。大兵一到。自然歸服。此二百人所以取

十九回　一

鎮江也。河東之地。金州去遼東最遠。離海極近。外
通旅順。內接復耀蓋。海南有旅順口。東有菱角灣
小平島。龍王堂。西有雙島。麻羊島。猪島。南汛口。北
汛口。都可進兵也。是個危而難守之地。奴酋封劉
愛塔叫劉與祚。做總兵鎮守。他見各島兵。環海居
住。恐一時失于隄防。便遭掩襲。似佟賊一般。又見
奴酋親信如李永芳。屢次幾遭殺害。夷性不常。思
得歸國。二月間曾有禀帖與毛將軍。併登州巡撫
道。

與祚死罪死罪叩首

大將軍麾下　與祚背華從夷原非本心原欲乘
机自效以贖罪戾但
台臺見疑是出死地而仍入死地也今因奴酋委
骨金復蓋三州期于六月舉州內附乞　賜免
死牌票仍得發兵接應實爲恩便上
稟

毛將軍賞了他來人金應魁給與免死牌票叫他
慎重不可漏泄隨着張盤領兵五百屯在麻羊島

以備接應。延至六月。愛塔又差十個張應科來約
獻城。怕奴酋來追。要船隻接應。期定廿五日、毛將
軍也一面撥船。潛住各島應用。不料未到二十五
日、只見遼民紛紛逃到海口、張守備就將船接濟、
問他消息。却是劉愛塔因本州一個守堡王丙。做
人狡猾貪暴。不受愛塔節制。怕他阻撓壞事把他
罪惡。寫成禀帖。禀與奴酋。要將他拿去。自己便可
舉州歸國詎知王丙也有揭首劉愛塔說私通中
國。率衆獻城。奴酋知得。特發兵三萬、來捉這兩人、

弁要將這四衛人盡行驅到遼陽。所以不願的。却要逃入海島。張守備又差撥夜前到各州打聽。果是愛塔被縛。人民驅逐北行。城中另用守將。所留兵不過五六百。人民亦不過三五百。張守備想一想道。我這來原爲接應劉愛塔。乘机取城。今劉愛塔被拿。我不能救他。仔麼回覆毛帥。沉吟半日道。四衛驅去者驅去。逃去者逃去。各城料也無多。就是新來守將。情意也不曾洽浹。無人爲他。不若出他不意。先奪取金州。次取復州。益州不要等他立

是脚跟那時又勞師動衆但是趕取一個城池也
得兵數千總好部下兵馬不過五百餘怕不濟事
又笑道當初隨毛爺三百人奪了一個鎮江五百
人已多了且在難民中揀他些丁壯出來不能殺
賊也可吶喊助興一選選了一千七百五十個分
做三十五隊又想日間去他知道我多少還是夜
間去毛爺拿佟養眞也是夜間就是七月初二日
晚間悄悄把船自麻羊島撥到金州岸上夜間走
日間在深林敗堡破屋中暫躱了身子挨到初三

二更離城不遠。張守備道。捉賊不如趕賊。如今圍了城。與他攻打。扒進城與他殺。都費力。不如只在南門吶喊搖旗。放北門與他做走路。他夜裡不知虛實。畢竟逃走。是我不動刀兵。得了一個城。何必兩下殺傷。張守備又分付沿路逃民。剩下的破屋。把他蘆壁草蓬都取了來。自已帶兵在先遣三十五隊人遠遠分開。取他喊聲相應。又差部下多帶火炮。隔一二里一處。在那邊施放。以見接應的遠分付畢。抵城已是三更。張守備叫把帶來柴草分

設數十處。點起火來照得如同白日。就一齊放砲吶喊。這一聲接應去。足、有、數里。又遠遠砲聲相接。城裡達子。夢中驚醒。見南邊火把齊明。喊聲大震。正不知有多少兵馬臨城。喜得北門燈火不見。想是還未合圍。忙忙的備了馬。跳得上去。也不顧城中積蓄。也不顧城外昏黑。六七百韃子。沒命似逃走去了。延至天明。只見城中居民。携老扶幼。焚着香花。大開城門迎接。張守備就整兵進城。知道韃兵去遠。也不追趕。止于安撫百姓。封籍府庫。當收

得穀三千石大小炮銃一千零十四位硝黄五百六十斤大小鉛子七千三百零二個飛報至皮島乞大發兵防守庶得以扼要西南之奴島正南之旅順口東之三犋牛俱爲我有城南一百二十里都可聚兵屯糧招撫屯種即登津船隻往來都有停泊東可以窺蓋復西可以通廣寧係要下城南三十里地兩崖距海中横山脊内有路闊一百步要行設立重關以爲防守金州險阻屯將軍即爲具題言固守金州須用兵餉器械東江自支不足

十九回

乞　朝廷急行接濟。

翹首邊城望義師。　喜看一戰埽胡兒。
從今再得沾王化。　夾路壺漿不敢遲。

正具疏時又想奴酋他發精兵三萬前往復州倘或乘勢屯住海州聚兵積糧思量窺関有之或者知得張盤取了金州回兵爭奪張盤如何支對不若擣巢使他東支西顧正是息他邪謀保全張盤良策忙傳令箭着叅將易承惠督兵一千前往滿浦渡烏龍江取路直入都司杜貴督兵一千自昌

城渡江由雲頭裡直入都有釘封公文指授他方畧又着叅將毛承祿督兵一千做先鋒由鎮江取路湯站鳳凰城新佃堡草河口甜水口聽梆聲即回自己督兵三千駐鎮江兩路接應方畧已定先是易叅將領兵進發渡了江到横江地方札下一個寨放炮吶喊縱兵攻打各堡各堡連連傳梆奴酋在老寨中即忙發兵向横江一路來拒敵正行時早又杜都司由昌城渡水在雲頭里札下一個大寨直掠亮馬佃亮馬佃又傳梆八王子正在遼

十九回　六

陽。聽得有兩路兵來搗巢。竟帶了有馬韃子直趨
到亮馬佃來。跑了兩日。不見一人。杜都司已是渡
江去了。八王子直追到雲頭裡。見一大寨。怒極。吽
打寨。却是一個空寨。內中還堆着些用不盡柴草。
八王子大怒。吽燒。不燒時還可。一燒時
火散半天霞彩。炮飛一地雷聲。亂紛紛火箭舞
金蛇。密札札鈴龙來鉄蝎。沾着處頭開額裂。打
來時馬斃人亾。恰如項羽火咸陽。一似武侯焚
藤甲。

一陣火砲可也打死數千那邊救橫江的却也中
了這個計空寨中火砲打死三停之一正在惱懊
河東梆聲又發奴酋惱得緊道這番去殺他一個
盡絕渡了河隨梆聲直趕到甜水站兒那毛承祿
又已回了兩日扎下一個寨看也不敢去看他計
點部下亮馬個打死五千多人馬橫江也不下四
千却也人馬跑了五六日人渴死了有千餘馬倒
死了八千餘疋各王子且在甜水站安息喝罵毛
文龍這奸賊慣用這奸計弄人犒賞了這些韃子

自巳也痛飲一醉睡覺。到得二更。却又梆聲聒耳。是毛將軍自督兵。分一支在寬奠喊殺。一支過河在沙松排點放火炮這時各王子待發兵時兩三次撲個空枉自折許多人馬若是不去怕他當了。眞從寬奠進兵搗寨一個道。是這奸賊慣是撮空一定還是謊我不要去。一個道。他騙得我跑壞了。料我們不信。不行救護。必定來搗巢是眞的。還是殺去的是。只是黑夜裏㤜㤜又進兵。登山渡水。黑影子內失。脚落崖。或是落水的。不知壞了多少人

馬直追到鎮江時。各堡說這番果是毛將軍自領兵來。一到就去。只是不發梆。怕他殺進來。寨裡沒有防備。及至他去。又沒甚號兒。止得各處救兵這也沒設法。各王子嘆氣道。委是與他殺一場。砍得他幾人。自家也損傷些罷了。顛倒奔東趕西。走了七八日。連人影兒不曾見得一個。却爲他坑死許多人。可惱得緊。各兵也只可付之無可奈何。各自回寨。這邊毛將軍雖是不戰。却也打死瘐死了他許多

十九回 八

王師神不戰。　虜騎自分崩。
妙算無如巧。　狂奴自不勝。
毛帥到寨。將各官紀功獎賞。一面具　題報捷。這
便是奴酋雖勇。不能不爲知屈。力戰爲下。心戰爲
下了。
兵法多方以撓之。彼出則我回。彼往則我進。此
以寡制衆、以弱勝強、以知役愚之妙算也。撓
之以不敢不應。則奴酋方爲穴中之鼠。欲出
而不敢。猶足爲河西害乎。

撓之一法。的是東江能事。撓之。奴且不敢離穴
况得呼魚皮諸類而來也一痛

丹忠錄　十九回　九

第二十回

亮馬佃官兵破賊　牛毛寨虜衆再衂

揣髀籌元戎。智勇貴天錫。
英英萬夫雄。所向如霆擊。
機深神鬼驚。踪跡莫可覔。
那更急揣循。帳下共休戚。
義旗偶東指。踴躍爲盡敵。
片石銘高山。絕漠烽烟滌。

戰士之生死。係于一將。這將須知仁勇具備。仁能

恤士于平日。勇能潰敵于當機。知又能出士卒于死地而置之生。奪敵人之勝算而使之敗。至于密哨探而耳目明。勤拊恤而心志一。時訓練而筋力强。嚴賞罰而意氣鼓。所向無前。料不至以卒予敵

毛將軍既復了金州。又用計在滿浦昌城殺了許多奴兵。跑死了許多韃馬。軍聲大振了。一日昌住畢潭兩處守堡官差人來報。隔江瞭見奴酋差人在亮馬佃。千百成羣大隊牧放。毛帥聞報。道這送馬來了。因與衆將講道。奴酋常勝之技。人道他是

弓箭。他弓箭雖利不能及遠。他常勝是箇甲堅刀利。馬壯法嚴。他造甲打刀都先期泒給與這人令他監督。刀的快利輕重。甲的輕重長短。都稱着這人意見。天下有自己受用的物件、有不要好的麽。中國馬矮小。不習戰陣。邊上買來馬俱係不堪。有病的纔來賣買。馬官止要足數。那裡能如他匹匹俱係高大膘壯的。還一人一匹騎馬一匹備馬。他每戰。夷將領兵在先。子侄甥婿在後督戰。有不力戰的。卽行砍殺。連他妻子也行屠戮。是罰重了。到

奪他地方時他八子與佟李各領一支輪流攻打
若這日是這支攻破的城城中金帛子女歸他一
半九支得一半這是賞重所以夷人怕死貪利沒
箇不用力的我看起來器械精利一箇廉幹有執
持的官做得來信賞必罰也只在一箇有威嚴大
將獨有馬决不能如他好如他多我嘗聞得唐時
安祿山賊將史思明有良馬三千匹每日牽在城
壕中洗浴唐大將李光弼知道一日在軍中選了
牝馬千餘見他出浴時差人牽在隔岸牝馬見了

這些馬。便長嘶起來。史思明的馬聞着牝馬嘶竟渡河來過來逐隊賊兵阻擋不得。隔水又不能追趕都爲李光弼從從容容得了今奴賊有馬都向近我地方牧放。不可智取也可力得豈不是箇送馬郎傳令遊擊尤景和都司杜貴參將易從惠毛承祿各領兵三千自帶領中軍陳繼盛也是兵三千五路進發先是尤遊擊與杜都司領兵直進抄出亮馬佃北截住兵馬歸路易參將仝亮馬佃東首進毛參將自亮馬佃西首進自從亮馬佃正南

第二十回

入。乘着中秋月色。五支人馬。悄悄渡了江。竟向亮馬佃來晝夜兼行。到佃恰晚。這佃中原不多。止韃子千餘人。也是牧放。不能大戰的馬倒有萬餘疋。是牛毛董古馬家各寨來就水草牧放的。這夜各韃子把馬都去了鞍轡。隨便聽他喫草自己三五成羣。喫了些馬乳酒。東倒西歪。去睡。只聽得正南上一聲炮响。喊聲大振。恰是毛帥領兵殺至。衆韃子正驚得不知去向。東西兩處。早又炮聲相應。毛帥將易參將。兩支兵又逼將近來。膽大的也竟不

着鞍轡弓刀。跳上馬向北逃去。膽小的都在荊棘叢中。或是深溝破屋。捱箇身子。還敢來顧馬。那正北方又連珠砲响。杜都司尤遊擊兩箇截殺。把這些逃走的韃子。殺得亂攛。就趕得些馬去也。都被奪回天明毛帥就佃中扎營。分兵將在佃中馬匹。盡行收趕。不下八千疋。因是夜間韃兵便于逃躲。止斬砍一百餘級毛帥自收兵回島

紛紛良馬盡驪黃。　逐水荒郊臥夕陽。

誰料網羅來暗裏。　却隨南國牧騰驤。

第二十回　四

到島將馬分給衆軍。有功員役盡行給賞。到九月初一日原差深入遼陽緝探千總馬成功進來叩見。毛帥叫近前來。獎慰了一番。問他光景。馬成功道小的尊蒙鈞旨。前往遼陽。晝伏夜行。前到張御史祠堂前。撞見族侄馬起羣。在彼趕猪。小的向前問他消息。說目下奴酋各路收集人馬。要在本月犯搶。小的復在他家存住三日。果見道路紛紛傳說。小的知是的信。漏夜走回。毛帥聽了。重賞了馬成功。聚集將士計議。分付整點了三萬水陸官兵。

各帶二十日糧。初六日就出了鶯兒溝過亮馬佃到了十三日來到董古寨。毛帥申嚴了將令。乘着大兵的勢。一戰奪了。殺了韃子二十六級奪得馬七十六疋。牛六十隻。猪羊二百七十八隻毛帥就將來分給了三軍。後發兵前行十四到牛毛寨。那是一箇空寨。逃得人影也没十六直抵了閆王寨屯駐。只見十七日奴酋帶領大兵來了毛帥分付今日深入賊巢。不可不力戰。如有退縮。卽行斬首

遂令遊擊馬應魁帶寬奠鎮江各路兵爲前軍自

帶遊擊王三薦爲中軍，都司杜貴爲後軍，參將陳繼盛、遊擊毛承祿爲左右翼。毛帥叫陳、毛二將上前分付了，自統三軍奮力死戰。各軍也因深入重地，有進無退，無不以一當百。大戰竟日，互有殺傷。

大將勤兵入不毛，紛紛熱血汚弓刀。
全軍力戰陰山下，肯令匈奴匹馬逃。

正戰時，只聽奴兵後首炮聲，陳繼盛、毛承祿這兩支生力兵抄路直犯奴兵中軍，要擒他大將。奴兵聽得後軍有南兵冲突，不免驚惶。南兵聽得南兵

似虎入奴營中軍，無不歡聲動地，大呼陷陣。奴兵各不得首尾交衝，只得退走，被官軍趕殺了五六十。毛帥見前面林木茂盛，恐有伏兵，傳令收軍。只見部下紛紛來報功，

中軍遊擊王三薦　斬首十四級，

遊擊王承鸞　斬首五級，

前軍遊擊馬應魁　斬首六級，

後軍都司杜　貴　斬首五級，生擒一名

左翼參將陳繼盛　斬首七級，

遊擊王　甫　斬首十五級。

右翼遊擊毛承祿　斬首十五級。生擒三名。

都司張　魁　斬首三級。

從征鎮江遊擊尤景和　斬首三十五級。

寬奠叅將易承惠　斬首十級。

靉陽遊擊曲承恩　斬首三級。

都司沈世魁　斬首三級。

守備武　學　斬首三級。

江淮叅將許日省　斬首三級。

遊擊朱家龍　斬首二級

共斬首一百二十九級。

生擒四名。

毛帥分付造冊候題。正班師渡江。只見一箇撥夜帶領一箇回鄉百姓周至。說奴酋因牛毛寨失利。嗔恨要襲取金州報仇。仍乘機渡河犯搶其牛毛寨另發兵防守。以防搗巢。毛帥道。奴酋欲取金州這張盤新復的土地。如何能守。必須往救。纔是。只見帳下一箇贊畫生員葛永貞道。奴酋聲言復金

州復金州也不須奴酋大兵。他犯搶鬬上是實。他
雖虛言。也是要哄我兵分守金州。不得聚兵搗巢。
他目今將動巢穴正虛。不若再行搗巢。出其不意。
毛帥點頭稱是。尤景和願爲先鋒。毛帥就差他與
陳繼盛許日省分做三支。再往牛毛等寨。自巴督
兵後應。一路自轉山頭。稱東葛嶺。牛毛嶺。險要處
那先排有兵馬。埋有地雷。設有機巧。虜至即發並
抵牛毛寨。此時新守寨牛鹿。也率兵相敵。一面傳
挪討救。只是部下是新敗之後。沒有膽氣。這三箇

將官都帶著一箇必死之心的如何不勝被這三箇一陣殺得大敗。斬首三百餘級奪他馬二百餘匹。退兵先是董古馬家兩寨合兵來追二箇將官着後隊做了先鋒退回。他自據了牛毛嶺險處發上許多砲石。又撥動地雷機括將韃子打死不計其數。及至奴酋兵來他已上嶺獨剩三五百兵又據住稗東葛嶺厮殺。這嶺兩邊是大崖夾着一條小路只可單馬行的。奴兵如何追得來相持到晚尤遊擊把石壘斷潛師南回比及奴們撥兵得信

忠錄　第二十回　八

塊趕來這三箇又在鴉兒河南岸扎營却又只五六百兵奴酋見了大惱道這幾箇人見必竟要殺盡方囘船兵渡河這三箇將官隔着河放箭放砲奴兵已是離前却又北岸早又飛起許多炮來都是這三箇將官預先埋在岸上藥線相連總藥線都貫在葦腸内通連南岸水不能濕火炮起處奴兵只得退步三箇將官發聲喊竟走入毛帥大營班師原斬首級因奴酋追襲于路拋棄止存一百七十二級原奪馬匹亦因兵追逼于路失亡止存

一百十三疋。毛帥又行敘功奏捷[illegible]

多有機械。不敢來追。也不敢犯關了。

亮馬佃兵分四路。所以一網皆收。牛毛百[illegible]。而

出不意。皆奇兵也。

영인자료

遼海丹忠錄 卷四

『古本小說集成』72, 上海古籍出版社, 1990.

여기서부터 영인본을 인쇄한 부분입니다. 이 부분부터 보시기 바랍니다.

역주자 신해진(申海鎭)

경북 의성 출생
고려대학교 국어국문학과 및 동대학원 석·박사과정 졸업(문학박사)
현재 전남대학교 인문대학 국어국문학과 교수
BK21플러스 지역어 기반 문화가치 창출 인재양성 사업단장
한국언어문학회 회장

저역서 『요해단충록(1)~(3)』(보고사, 2019)
『무요부초건주이추왕고소략』(역락, 2018)
『건주기정도기』(보고사, 2017)
『심양왕환일기』(보고사, 2014)
『심양사행일기』(보고사, 2013)
이외 다수의 저역서와 논문

요해단충록 4 遼海丹忠錄 卷四

2019년 4월 30일 초판 1쇄 펴냄

지은이 육인룡
역주자 신해진
펴낸이 김흥국
펴낸곳 도서출판 보고사

책임편집 이경민
표지디자인 손정자

등록 1990년 12월 13일 제6-0429호
주소 경기도 파주시 회동길 337-15 보고사 2층
전화 031-955-9797(대표)
02-922-5120~1(편집), 02-922-2246(영업)
팩스 02-922-6990
메일 kanapub3@naver.com/bogosabooks@naver.com
http://www.bogosabooks.co.kr

ISBN 979-11-5516-911-7 94810
979-11-5516-861-5 (set)

정가 17,000원